岁月之歌

全国青年作家优秀作品选

汪家弘　主编

天津出版传媒集团
天津人民出版社

图书在版编目（CIP）数据

岁月之歌 ：全国青年作家优秀作品选 / 汪家弘主编
. -- 天津 ：天津人民出版社，2020.11（2025.3重印）
ISBN 978-7-201-16719-0

Ⅰ. ①岁… Ⅱ. ①汪… Ⅲ. ①中国文学－当代文学－作品综合集 Ⅳ. ①I217.1

中国版本图书馆CIP数据核字(2020)第228677号

岁月之歌：全国青年作家优秀作品选
SUIYUE ZHI GE:QUANGUO QINGNIAN ZUOJIA YOUXIU ZUOPIN XUAN

出　　版　天津人民出版社
出 版 人　刘锦泉
地　　址　天津和平区西康路35号康岳大厦
邮政编码　300051
邮购电话　（022）23332469
电子信箱　reader@tjrmcbs.com
责任编辑　霍小青
装帧设计　青年作家网
印　　刷　永清县晔盛亚胶印有限公司
经　　销　新华书店
开　　本　710毫米×1000毫米　1/16
印　　张　9.75
字　　数　150千字
版次印次　2020年11月第1版　2025年3月第2次印刷
定　　价　49.00元

目　录

【诗歌天地】

【散文家园】

【小说世界】

诗歌天地

一个人（外一首）

汪家弘

我喜欢一个人
行走街头
看茫茫人海，看车水马龙
我喜欢一个人
漫步荒野
看日升月落，看群星闪烁
我喜欢一个人
独坐阳台
读楚汉三国，品诗词歌赋
我喜欢一个人
躲进书房
写金戈铁马，叙红豆杨柳

是的，没你在的日子
我喜欢这样的生活

其实，我在等你
渴望，和你
煮一壶清茶
看太阳爬上山头
端两杯咖啡
看月亮挂上树枝
一起去森林，听山雀唱歌
一起去大海，看海龟游泳

每一个日子里
你写你的故事
我写我的传说

我喜欢
一个人的安静
但是，我更喜欢
两个人的热闹
只是，我还在等你
无数个潮起潮落

我不想你

我不想你，真的
今夜，就去远方
找孤独喝酒
然后，在醉酒中
把你忘记
只在，每次呼吸的时候
念着你的名字

作者简介：汪家弘，又名汪鑫，先后在出版社、报社和文学网站从事编辑、策划和运营管理工作；喜欢诗词歌赋，钟情于对历史人物和历史事件的推敲和研究，出版作品多部，有作品改编成影视在中央电视台播出。

故乡记忆（组诗）

王胜江

父亲的咖啡

走进咖啡馆
像父亲带我第一次进深山
新鲜　好奇　神秘
点杯热蓝山
父亲握过犁铧的双手接过
咖啡荡起涟漪

父亲微眯双眼
鼻子抵进咖啡边沿
像淘气可爱又贪婪的小熊
审视面前一罐蜂蜜
轻抿一口　好苦
加糖　加奶　还是苦
细品　笑意抚平脸上皱褶
“这玩意嗅着香，喝着苦
不如咱家清明前采的茶
闻着香，喝着更香。”

暖阳透过窗户
微醺　双眼迷蒙
咖啡渐冷　父亲已倦
“爸，我扶您回家。”

缓缓伸直佝偻许久的脊骨
端起咖啡　一饮而尽
“苦是苦，别浪费。”

父亲的咖啡
一生仅此一杯

陪伴，才是温暖孤独的一块火炭

村口　残阳
拉直了佝偻背影
望涸了浑浊眼眸
滩涂芦苇　丰茂依然
却不见戏水的童年
槐树丫上　巢穴空空
那是邮箱失联已久的家书

岁月雕刻脸颊如田埂交错
炊烟熏黑了夜晚的灯火
梦里满是与儿女趣事
醒时泪水温存在眼角

蹒跚步履越来越轻
寒夜咳嗽越来越重
千万次电话或视频问候
抵不过一次握紧双手的呼喊
陪伴
才是温暖孤独的一块火炭

回家

远方的家
生长白云和棉花
蜿蜒山路
是我内心陡峭的乡愁
崖上苔藓　举起憨厚手掌
寂静中　握紧我的心跳

溪谷傍着木屋
凝望拄着拐杖相依的暮年
黑色杉皮瓦开满秋日野花
屋檐蜘蛛　网住苍老夕照
缠绕着近乡的情怯

匆匆而来　又匆匆而去
一袋香菇木耳和烟笋
背负整座山的叮嘱与牵挂
双腿粘满田垅间的草籽
是故乡留给我
唯一信物

多年以后

蛙鸣拉开夜的帷幕
荷塘装满星辰
都市以霓虹的妩媚
诱惑村野的虚妄

人群中　不敢轻言
我来自山乡

推开窗　高楼寒深露重
月光抱紧双肩
心里疼痛的惦念
在异域蔓延

多年以后
躺在荒芜山坡
苍老声音隐进泛黄族谱
沿着村前蜿蜒流淌的小溪
用拗口乡音唤醒　那扇
尘封的家门

作者简介：王胜江，笔名青铜，祖籍湖南永州，出生于江西省九江市，现居广东东莞，有诗歌、散文、小说散见于《湛江文学》、《九江日报·长江周刊》、《公益云南》、《深圳晚报》、香港《国际时刊》等报刊，现为广东省东莞市作家协会会员，青年作家网签约作家。

永远的牵手

张金林

晚霞收拢起翅膀
夜空撒开幽蓝的天网
月亮常常去了别处
只有星星缀满我们的楼窗

我们总是手牵着手
双双地进入梦乡
手指扣着手指
心房连着心房

有时候独自醒来
凝望窗外
倾听暗夜在旷野里行走
时而极目深空的远方
我无数次地问
神啊
为什么这无尽的苍穹和夜的深度
也似乎包容不下我们所有的甜蜜
世上还有没有一种言语，能说出
我们在一起是多么的喜悦和欢畅
我要做的
是永不厌倦地拥你入怀
孵化我终身的誓言：
紧握你一生的芳香

希望有一天
我们一起老去
就在这样宁静美好的夜晚
就从这扇凝视星空的楼窗
升入永远的天堂

在那里
我们还会彼此相拥
手手相扣感受对方
因为
经过岁月的磨砺
我们的骨髓
早已经相互交融
我们的心灵
早已经彼此守望

作者简介：张金林，男，1965 年 4 月出生，安徽省宣城市泾县人，青年作家网签约作家。

坐着看风的日子（外三首）

潘政祥

突然想起老槐树还在某个院子
那空了许久的鸟巢
以及树下一些死去的人
或者一些人正一点一点死去

风如果偶尔来树上坐坐
翘起的二郎腿上有一朵云的迷离
每天从草堂里进进出出的野狗
读懂了一首诗也写了一首诗

日子在树枝间或在死人与活人间
编织捕捉粮食的网
其实网还不如谎言深入人心
一吹就破，更是空洞无语

收获月光的依然是勤快的溪水
低着头的人把头压得更低
只是把一把麦子的幸福
搂在怀里

必须习惯的

习惯半夜醒来

习惯睁着双眼看着黑暗的浅薄
习惯假话在偷情真话在孤独
习惯有风偷摸进来
吻冷我的身体
习惯镜子里的人睡着
梦见我

更要习惯有人举着月亮
来看我

我不是一位骑手

我不是一位骑手
但我却拥有最好的马匹

箭在壶里
镞还冒着火

我的盔甲
还在夜空中自由散漫

请还给我一个完整的夜

半夜
突然想起皇帝的衣服
于是
我把夜的口袋翻了个遍
可只摸到一些女人们

软得没骨的声音
幸好
我应该还有一个上半夜
我拿出前天晚上写的一句话
男人应该死在玫瑰的火焰之上

作者简介：潘政祥，男，浙江省武义县人，现居浙江省舟山市。少年时曾梦想成为一名将军，终还不是那块料，现于海岛某建筑公司谋生。中国诗歌学会会员，青年作家网签约作家，《中国乡土文学》编委，都市头条编辑。

残阳

何刚毅

这个秋没看见圆月
厚厚的云压得远山抬不起头来
平时眼前的大山
仿佛总是在低头呻吟
这声音低沉迷蒙
伴着叹息

耄耋之年的父亲在医院输液
快二十天了
过两天可以出院了
这个诊断喜忧参半
办好出院的手续
把父亲接到身边来侍候

表面平静的父亲
时不时还发出呻吟声
我试着探问老人家病情
他却总是大手一摆
没多大关系
接着给我讲起几次看病的经历
因为父亲的证书是可以优待的

一讲到优待的这个荣誉
父亲的精神就特别好

病痛似乎就忘了
首先是当年参军时积极肯干
接着是对敌工作方法应变灵活
再后来所在单位年年荣获先进

这个秋天细雨绵绵
窗台上看不清远方
父亲也总是在沙发上倦伏着
听着窗外淅淅沥沥的雨声
晚上孙子冒雨来看他
他拉开话匣子讲开了

父亲又谈起年轻时的干劲
从当兵到公安工作的认真态度
也许想传授自己的先进经验
殊不知孙子大学毕业后自己创业
网络方面的事业
我们这一代都搞不完全明白

好在孙子还特意去坐在父亲的身边
还不时地提出问题
祖孙俩谈得挺开心的
天气预报说
明天就会有太阳
天边定会生出那片壮丽的美景

作者简介：何刚毅，笔名绿溪。1961 年出生于四川省眉山市东坡区，青年作家网签约作家。现居重庆。近年拾笔，作品散见于网络。热爱诗词创作。

寻找翅膀

何彦军

阳光
散尽了力量
春天
依旧疏黄

微露双眼
除了张望
还是张望
单色的街灯
游离了方向
温度
偷换了城市的心脏
长疯了的相思
埋进了指尖
生的头发长长

独依小轩窗
只为
美丽的风筝
找到翅膀

作者简介：何彦军，男，汉族，甘肃陇西人。青年作家网签约作家。

走进春天

韩湘生

伫立窗前
笑对潇潇春雨
捧起一盏春茶
回忆丝雨捻线
春雨悦动中
那些洒脱淋湿
似岁月里的清寂
那檐下安坐的
是孤独的灵魂
那沉思不语的
是静静倾听的人

天籁梵音
在心底涤荡
在这寂静的时光里
描绘一段简约的安宁
任它岁月斑驳
往事依然记得我
花静默地开着
在芬芳明亮的春天
点缀在无名的枝头
照亮你的归途

我喜欢春天

喜欢拥抱那一树花的暖
喜欢细嗅那一树花的香
我想要远行
踏足陌上
走进花的世界
去看桃花灼开
去看杏花盛放
去听鸟语欢歌
去感受风声与树音的交谈
我仿佛
置身于大自然的天地间
有着难以形容的愉悦和美妙
或许
人到了一定的年龄
自然心里便多了许多温暖的语言
对尘世 对人 对事物
多了新的感悟和觉醒
更多了些许的热爱和珍惜

如若说
人生是一场孤独的修行
一次静静的行走
那么
历经世事的风澜沧桑后
终于知晓
尘世那卑微的蚕茧中
依旧有
破茧成蝶的渴望

作者简介：韩湘生，中国小说学会会员，青年作家网签约作家。

春天的故事

谭廷勇

飞鸟漫过屋檐
落下的风
吹到阳台　吹开花的容颜
叶儿　三三两两地
簇拥着　嬉闹着
在窗前撒欢

远处　层层叠叠的山峦
升起袅袅炊烟
夜幕降临
几位年轻的后生
把电影放到农家小院

铁牛向大地吐露真情
绿油油的农事
洒在山坡上　田地间
农夫的手　触及泥土的温暖

一条条银色的玉带
环绕着　连接着
屋后房前　太阳能路灯
点亮山里人的夜晚
靓丽精准扶贫的画卷

大江南北　长城内外

“两会”春风拂面

新时代的枝头

一个春的向往

托着梦　温暖人间

作者简介：谭廷勇，男，笔名语泉，仪陇县作家协会副主席，青年作家学会主席团成员，中国诗歌学会会员，青年作家网、《中国好诗》签约作家，现就职于国家税务总局南充市税务局。在报刊、网站发表作品数十篇（首）。

回家的路有多远

李广鑫

回家的路有多远
爸爸用20世纪80年代的上海手表数着时间
我用独把自行车骑了三年
不知磨断了多少千层底的麻绳线

高中时
回家的路很平坦
一条县乡公路
总也舍不得一块二毛的车票钱
大学时
用8分钱的邮票
先是问安，再伸手要学费钱
寒暑假才能闻上绿皮火车冒出的黑烟
毕业入伍了，回家的路更难
因为有两个字叫“奉献”

我越长，家越远
有了大家和小家
回老家的梦却难圆

回家的味道很甜
苏子叶的黏豆包蒸上几盖帘
包顿大饺子用老缸腌的酸菜馅儿
大铁锅炖的杀猪菜吃个没完

石磨卤水大豆腐再吃上一大碗
妈妈酿的米酒总也喝不干

回家的方向在北边
一片无垠的林海雪原
有多大的雪花
就有多大的思念
总想着再回到从前
爬上屯沟里那座小山
放声呼喊
唤回童年

作者简介：李广鑫，生于20世纪70年代，辽宁西丰人，中共党员，毕业于国防科学技术大学，工程硕士。曾携笔从戎二十三载，现就职于渤海大学。中华诗词学会会员，青年作家网签约作家，中国诗歌网注册会员。曾获教育部和中华诗词学会联合主办的“诗词创作征集活动”优秀奖、第二届“中国青年作家杯”诗歌组一等奖、“中国知青作家杯”征文二等奖。作品散见于报刊和多家网络平台。

那件往事（外一首）

王桦

已经很多年，同你的那件往事
就像女人肚子里的孩子，吮吸着长
日益见长的腰围，由不得你不在意
更多的夜晚，尤其是深夜
隐隐的，慢慢地沉重
直到那天，我亲眼看到三条鲜活的生命
瞬间远行
才知道，世界其实不堪一击
事情都是错误开始，错误成功
然后错误结束
你听到的或溢美或恶毒的声音
都属于一种流言
雪的力量跟你的躯体一样坚强
在远山的背景下
没有那件往事或没有看到那个孩子
你我也都能活得从容

错过你

已经忘了当年错过你的理由
记得心里有过痛楚
想过远行
这么多年过去，面对完好如初的自己

我突然明白，错过你

其实是我这一生最大的成就

作者简介：王桦，江西鄱阳人，现居深圳，擅长写现实题材小说和口语化抒情诗。广东省作家协会会员，深圳市鄱阳商会会刊《鄱阳人在深圳》主编。出版长篇小说《疼痛无痕》《梦来的春天》和诗集《绿叶沙沙响》等多部作品。

我的家乡龙兴镇

宋志军

我的家乡龙兴镇
山地绵延起伏是她的本色
五条河流从这里穿过
清澈见底润泽着一方百姓和万物生灵
母亲般的气息呀生生不息

我的家乡龙兴镇
一座大桥架出了富裕路
皮张、药材、榛果从这里走向各地
红豆、绿豆、向日葵远销万里
韭菜、辣椒、大葱远近闻名
三烀（烀玉米、土豆、茄子）
一辣（辣椒酱）香喷喷
小鸡炖蘑菇，铁锅靠大鹅，
一锅地锅炖让人垂涎三尺
美味佳肴吸引着四方宾客络绎不绝

我的家乡龙兴镇
三个林场将她包围
源源不断水流的绿色水库呀
在造福一方百姓

我的家乡龙兴镇
悠久的历史文化孕育了龙兴人

李三开店至今百年的历史长河中
不时泛起独特的浪花
战火洗礼了多少龙兴人
英雄的三烈士永垂不朽
刘健、李超、赵一恒永远活在人民心中
伪满时期显赫一时的张公馆遗址
告诫我们铭记那段沧桑历史
闻名遐迩的金边城堡在讲述着
边陲要塞的古韵兴盛

我的家乡龙兴镇
海拔近千米的朝阳山
蒙古泡子钓鱼场引来八方游客
一群群游人在芬芳的达达香花中游荡
一辆辆轿车在柏油路上穿梭狂奔
涌动的人群　嗅着稻花的飘香
听着青蛙的天籁之音
笑语欢歌，仰天高呼！美了，我的家乡！
一对对野鸭在瓦蓝的天空中嬉戏着，
美了，龙兴的碧水蓝天！

我的家乡龙兴镇
你是名不见经传的边陲小镇
你是大兴安岭山脉一束绚丽的花朵
你迈着矫健的步伐
昂首阔步走在新时代的前列
在强手如林的文明城镇竞争中
你傲然屹立在黑龙江西部

注：

⑴五条河：济沁河、麒麟河、库提河、雅鲁河、雅尔根楚河

⑵三林场：德胜林场、错海林场、山泉林场

⑶龙兴镇：地处黑龙江齐齐哈尔市龙江县与内蒙古毗邻的地方，原名李三店。

作者简介：宋志军，男，黑龙江省齐齐哈尔市人，中共党员，青年时期在陆军十六集团军步兵四十六师服役十四年，转业后到农业银行长春市分行工作，爱好文学，喜欢看书，青年作家网签约作家。

燕园情思

胡乔文

记得上中学时
我曾在未名湖中滑冰
北大，这高贵的学府
像雾，让我朦胧

今天，我成为你的学生
零距离
把你的足音品读 倾听
共产党在这里命名
博雅塔下
匆匆走过无数的身影
有那么多青史留名

未名湖畔
回荡的不仅是
悦耳的琅琅读书声
更有那
为自由 尊严而发出
浪涛般的呐喊声

我站在
未名湖旁的绿荫下
肩上有些沉重

作者简介：胡乔文，北京人，北京大学人口研究所博士在读。2009 合著出版《握住掌心的时光》；曾获 2009 年度中国青少年作家十大创作之星称号；有作品被《当代中国青年作家大词典》《新时期中国青少年作家精品文学大观》等收录。

登仙霞关（外二首）

吴旭

登仙霞关

仙霞古道萧萧竹
似听黄巢战旗舒
登临关隘望明月
壮怀豪情新征途

游浙江廿八都

枫溪水岸廿八都
粉墙黛瓦超凡俗
繁华古街今犹在
又见铁匠炼红炉

瞻赵鼎宰相家

三贤唱和家国事
一世忠简兴宋志
钱江源水向都城
寄情山水永年寺

作者简介：吴旭，青年作家网签约作家，现供职于江西玉山县文广新旅局，原县广播电视台播音员及编导记者。

香港，矗起坚不可摧的雕像

胡树萌

静静流淌的香江水啊
你是否还记得
曾经娇娆壮美的母亲
被鸦片掏去了钙质
疏松了骨骼，变得软弱、颓唐
由于无力而遭欺凌
被迫签下不平等条约
赔了白银亿万两
还要把心爱的孩儿割让

百年的风雨，百年的沧桑
屈辱的泪水啊
化成喷发的岩浆，澎湃激荡

多少华夏儿郎
慷慨奔赴疆场，倾洒热血满腔
神舟飞上天宇
航母在大海中徜徉
筑起护卫母亲的铁壁铜墙

几千年的雨雪风霜
几千年的寒来暑往
狮子山下 香江旁
已矗立起中华民族

坚不可摧的雕像

作者简介：胡树萌，北京人，工商管理硕士、北京师范大学国学博士研究生、诗人、资深媒体人。现任中国外宣通讯社社长兼总编辑、中外新闻社常务副总编辑、中国企业书画艺术协会名誉主席，出版诗集《不落的太阳》等。

秋深夜思

白佳宁

望窗外夜色朦胧
闻寒山蟋蟀鸣哀
无心入眠
夜已深
秋意浓
月缺风凛冽
止笔　提眉
欲把衣添
惊觉身处南
四季容不败
风花雪月好景
景虽胜
身处异乡自思量
风花美
雪夜妙
不比故土一瓦砖
无言
待到归还日
重踩故乡尘

作者简介：白佳宁，笔名轩竹，甘肃省网络作家协会会员，青年作家网签约作家。先后创作长篇小说《恰逢骄阳花又红》，短篇小说《感悟》，散文《乡情》，诗歌《说秋》《老农》《赞歌》等几十余篇作品，曾获陇右文艺网全国诗词征文大赛二等奖，雅集京华·诗会百家全国诗词征文大赛三等奖。

忆青春

叶小雪

大山脚下
直线加方块的军营
就是我的青春

穿上军装
把斑斓多彩的希冀
融进铮铮铁骨的方阵

钢枪在握
将青春初绽的馨香
化成金戈铁马的诗篇

无怨无悔边陲洒
绿色军营献青春
劲松留守处
梦里总关情

忘不了
生命里有一段当兵的岁月

作者简介：于宝丽，笔名叶小雪，《东方诗歌》现代诗一室副主编，青年作家网签约作家。1989 年参军入伍，多次在部队发表新闻稿、散文、诗歌等作品，多次在部队征文中获奖，《军人的心愿》荣获一等奖，《向刘琦同志学习，走光彩的人生之路》荣获二等奖。

廿八都古道寻踪（外一首）

杨七芝

古道寻踪

古都修竹夹路迎
秀岭环绕一溪清
老街畅游看不够
民间艺人寻影形

黄巢起义雄关漫
四大名关仙霞攀
戴笠秘宅玄机暗
一代枭雄出保安

陆上官道兵家争
海上丝绸路江山
东南锁钥入闽要
名流踏之南宋篇

瞻赵鼎宰相故乡

吴头山高向青天
群岭朝拜赵鼎先
碧江环护风水地
丽日晴空今古瞻

人杰地灵不想家
将军美鱼分外鲜
阶台回味走远道
清风香气情更缠

作者简介：杨七芝，女，青年作家网签约作家，20世纪90年代加入江西省美协。创办三清山书画院及道学文化研究院，2012年创办浙江上虞市东山书画院，

你和三月都是春天

李晖

芭蕾舞鞋
轻托起春姑娘的脚尖
带来麦苗的青
和一泓不舍的冬的眷恋
千树万树抱成团
期待着春花烂漫

杨柳枝尚未放芽
水岸边留些思念
晒太阳的姑娘们
话语三长两短
她们冬衣刚刚褪去
倩影投在迎春花前
一枝枝　一蔓蔓
笑脸如午后阳光般灿烂

凉风　年轻
步步生莲
如快乐天使行走在人间
燕子　轻灵
翱翔蓝天
音律缭绕处回访着故园
这些都不算
如果思念有声音

这些声音都还在线
香甜　温软
那么，听！有没有
欲说还休的嘤嘤情话
在空中接力，盘旋
一句句，一串串
回荡在迎春花蓬勃开放的街沿

此刻，我且备上香茗美点
请你乘坐三月里的云烟
来我满园含苞未放的静院
且将一路风尘
化作玫瑰馨香了一程的浪漫
再掬一季光阴盛放平凡
把清淡融入碧绿的茶盏
把烦恼交予风筝吧
放飞在这春风漫飞的蓝天
放飞在这尽诉情意的
阳光下的三月天
看那里
柳烟如画，早樱正艳

作者简介：李晖，笔名小河，70后，生于古都西安，现籍北京，从事企业管理工作。大学学历，有文学作品发表于大学校刊、《天津学生报》、《北京青年报》、《天津诗网刊》、《丘陵文学》、中国诗歌网及《中华诗词》等。

散文家园

梦萦清华园

谢伟

走出“象牙塔”好些年了，人生的风风雨雨正逐渐磨去青春的棱角，诸般感慨在不经意间就流露出来。有人说，人生最大的痛苦，在于无法留住逝去的光阴。是啊！假如时光可以倒流，假如可以重新选择自己走过的路……但人生是没有“假如”的。然而这次到北京学习，却给了我一次实现“假如”的机会。背起书包，重返校园，而且一迈就迈进了当今中国顶级学府之一——清华大学。这的确令我内心泛起了波澜。

少年时，曾经有过许多憧憬和梦想，“清华”两个字，只是在脑海间飞闪而过的念头之一，它是那么让人心驰神往，而又遥不可及。在“天下熙熙，皆为利来”的时代，清华是我心中的一块净土，到清华“深造”成为萦绕在我心中的梦想。在诚惶诚恐中走进了清华园，学院领导在开班典礼上的一句话“进了清华门，就是清华人”，多少打消了我心头的不安。我是幸运的，在而立之年可以有一个月的时间在清华园“充电”。这里有一流的教师、一流的设施、一流的学习氛围。想想可以聆听集学问之大成者的授课，体味“水木清华”之真义，实践做一回“清华人”，何其惬意！

开放式的清华校园很美、很大。我喜欢在校园里漫步，一边感受清华无穷的魅力，一边浮想联翩。古色古香的建筑风格，自然与人文和谐融合，小桥、流水、垂柳、绿草相映成趣，描绘出一幅宁静而美丽的画面。这又不只是一幅普通的风景画，一树、一屋、一碑、一楼背后都有脍炙人口的诗词文章或让人津津乐道的才子轶事。置身其中，时而情满于山，时而意溢于水，想起了古人云：山不在高，有仙则名；水不在深，有龙则灵。对于一所大学来说，具有如此厚重的历史积淀，已足以让人顶礼膜拜。下课的时候，校园来往的行人也成为一道风景。在学术浸润中生活的清华人，活得很有尊严、充满自信、让人羡慕。骑着自行车的学子们总显得很阳光，他们挥洒着一路希望和活力；迈着匆匆步伐的同学行走间也像在思考问题，他们珍惜每一分钟，为成就明天的精彩而发奋；姗姗走过的老人就显得悠闲得多，眼神和神态淡定而睿智，让我心底自觉涌出敬意。

博大精深的清华园，是一个容不得懈怠和浮躁的地方，是一个充满创造和梦想的地方。每天来往于课室与住宿处“两点一线”间，过着既紧凑又有规律的生活，好像又回到了大学时光。坐在课堂里的时候，我心静如水，安心恬荡，思维的碰撞，智慧的火花，连珠的妙语，感觉就像在一条水天一色的江河里，被一朵朵晶莹的浪花洗涤。我好像又走进了多梦的时节，在晴朗的天空放风筝，在星斗满天的夜晚数星星，在掌声中鼓起勇气上台演讲，梦更加五彩缤纷，醒来时化作豪气干云。以前读书时，曾经觉得学习很苦，考试如同过关，总有过不完的关，不知何日到头；而如今，每天都嫌时间不够用，都觉得大脑装得满满的，更深深体会到学习的乐趣，感受到知识带来的海阔天空。

有梦的人生才美丽，清华园的日子给了我新的力量和勇气。“自强不息，厚德载物”的校训铸成了清华精神，也已深深铭刻在我心里。记住这梦萦清华的日子，把虚度的光阴找回来，为做最好的自己，努力吧！

作者简介：谢伟，生于四川的广东人，硕士。经济师、社工师、文学爱好者，系青年作家网签约作家、广东省作协会员、广州市作协会员、广州市青年作协签约作家。曾任区作协副主席。书读得不怎么样，但自小崇尚孔孟，中学时代已有文见报，组过社团，编过报刊，当过小记者。工作后历经多岗位锻炼，逐步成长成熟，然初心不改，偶尔写点儿东西，表露心迹，照亮生命，是一位不甘平庸总在路上的行者，一位满腔热情追求超越的追梦人。牵头课题入选“羊城青年学人”计划，著作入选“广州文库”。

我在乌镇等你

胡丰收

不是偶然，是生命中的一劫。

在乌镇，在乌镇西栅老街的石板道上，在来往拥挤的游人中，冥冥中的我应了佛语里那句逃不掉的“定数”的话，我的手臂碰到了你手中拿着的果饮，果汁弄湿了你白色的衣裙。

那是个黄昏，太阳挂在老街西边的巷口上，还有大半个圆。一道道金色的光线，从街巷一边店铺的屋顶上倾斜着照射下来，把整个巷子装了满满的金色。你在这金色的街巷中停下了脚步，当时的从容淡定和没有责难的宽容一笑，带着夕阳的余晖定格在了我的记忆里。

是命运的安排，你思量后坦然接受了我的致歉。

我们在老街的深巷里，选了个靠河能看到风景的饮品店坐了下来，透过玻璃，就能看到窗外的风景。我们的交谈从开始的寒暄到慢慢有了共同的语言。你说你喜欢现代诗，喜欢现代诗人戴望舒的《雨巷》，并轻声给我朗诵了几句。你说，其实我们每个人在自己的人生中，都有一段属于自己的“雨巷”，像诗人一样，都在自己的“雨巷”中寂寞、孤独、彷徨过。不同的是，有人走了出来，有人则困在了其中。走出来的，回头看，“雨巷”是风景，走不出的，“雨巷”是牢笼。

我们还谈了很多话题。我们从生命的本义探讨到了佛经中的轮回。我记得很清楚，当时你说出这些话的时候，表情显得特别凝重，像是在说给自己听。你说，人的生命意义不是只有一个答案的选择题，甚至可以说它没有标准答案。人生的意义是由人生的方向决定的，方向对了，人生怎么走，走什么路，过什么样的生活，生命都有意义。宗教是把人世间最痛苦的事变成了最浪漫的事。这是宗教对人类最大的贡献。

交谈中，你的眼睛明亮而又深邃。沉默时，你总是若有所思地望着窗外风景。

不知不觉，整个西栅景区的灯在我们的交谈中点亮，亮起的灯光倒映在水里，晃动着又反射过来，落在了你长长的秀发上，也明亮了你清嫩的脸。此刻，河中的游船在光影里行进，载着游人的笑声，不时地驶过我们的窗前。远处，临着河道两边的街铺，从窗口透出来的灯光，照亮了整条河。顺着明亮的河水向前看，一座古朴的石拱桥便出现在眼前。桥的下面是半圆形通明的桥洞，特别显眼。它倒映在水里后，在河中又画了个半圆。那有点儿曲度的桥身，在通明的桥洞映衬下，在夜幕中显得十分的黑暗，铁骨一般，看上去像一位来自千年前的老者，路过古镇，在落座小憩。整个景色画面透着一种遐想千古的美。穿过通明的桥洞，更远地看，就看到了桥中桥的绝美景色了。那远处的小桥和小桥周边的景色，像套在近处石拱桥桥洞的镜头里。在夜色中，除了小桥的桥洞和岸上的灯光外，岸树、房屋和其他景色，看不真切，有些缥缈，是想象中的轮廓，像国画中的泼墨，在明与暗的对比中，这独有的风景，像是飘在河面上，看慢了，仿佛随时就要飘走，飘向更深的夜幕和更远的地方。那画面，在喧闹中藏着宁静，在宁静中轻轻地叩击着你的心。

乌镇处处是一幅画，你是画中人。

我说给你留个影，你说最好的照片是刻在心里。

分别时，我们没有留下电话，你只给了我姓名和地址，你说："不要联系，如果有缘，明年的这个时候你在这里等我。"说完，你转身离去，在夜游的人群中，不一会儿，我的视野里再也寻不着你。

第二年，我如约来到乌镇。还是在十月，还是那家饮品店，我还是坐在我们曾经坐过的那个位子，我依然还是等到西栅的街灯都亮了起来。我没能等到你，我没能看到匆忙迟到的你，在我的对面坐下，然后用手习惯地向后捋了捋长长的秀发，笑着对我说："来晚了，对不起!"

这一幕没有出现。

那夜，没有了你的乌镇，没有了你的西栅夜景，我什么风景也没看到。我像一只没人掌舵、没人摇橹的乌篷船，在夜晚古巷的人流中，碰着，磕着，毫无目标地顺水漂流。

第二天，我照着你留给我的地址，找到了你的家。虽然我在去的途中也设想了你失约的无数个可能，但就是没想到月亮会落入长河的意外。你母亲流着泪告诉我，前年的圣诞节，你就查出来得了癌症，到了今年春季你主动放弃了治疗。三个月前，你就静静地离我们而去了。临终前你写下遗嘱，死后将自己的眼角膜无偿捐献了出来。你是那么的年轻，老天无情地遮挡了你的阳光，但你却带着微笑把光明留在了人间。

随后，你母亲悲伤地拿出一封信交给我，说是你临终前写给我的。你提醒母亲，如果我没能来取，在你的周年祭日，让你母亲把它带到你的墓前将它烧毁。

我颤抖着用手打开了你的信，信上只有一句话：“我不能兑现去乌镇的承诺了，对不起！”此刻，我的心一阵剧痛。你信上的十五个字就像十五把锋利的手术刀，瞬间切断了我所有的血管，让我的心不能跳动，让我不能呼吸，更没了痛的知觉。

你走了，生前你没有对我说过一个带感情的字。我们只是在茫茫人海中不小心磕碰了一下，然后停下来，短暂地在一起歇了歇。但就是这短暂的相识，你绽放出来的宽容和豁达，睿智和美丽，还有你用一颗大爱的心对生命意义的最高诠释，深深刻在了我的心上，刻进了我的灵魂，让我无法忘怀。

你如春风，却带着闪电，虽只轻轻一拂，已让我奄奄一息。你如彩虹，雨留不住，阳光留不住，天空留不住。你在太阳雨下呈现的七彩美丽，让人禁不住张开双臂想拥入怀中时，却突然消失得没了踪影。

是老天的有意安排，还是命运之神打了个瞌睡，醒来时仓促间拿错了剧本？

乌镇，遇见你之前就是个乌镇，它不会融入我的血液。如今，它有了灵魂，让我想念。从此，在我的有生之年，它会召唤我每年来这里与你相会。

如果你在天堂听得见，我向你说一声：“我在乌镇等你！”

作者简介：胡丰收，安徽宣城人，青年作家网签约作家。

岁月匆匆而过

崔凤芹

我不知道这辈子最苦最难的到底是什么时候。小时候家里很穷，吃不饱也穿不暖，好在有姥姥家接济。那时候最盼的是过年，那来自远方的邮包，载着我们一家人的希望。邮包里有我喜欢吃的地瓜干、大枣、花生，还有我们家人穿的手织的布匹，格子的，花花绿绿，做上衣非常漂亮，通常姐姐、我和妈妈一人一件，邮包里还有线，还有袜子，总之过年的穿戴基本都有了。

有时候姥姥在衣服里还给妈妈放一百元钱。即使靠人接济，我也没觉得日子苦，反而觉得很有盼头。

长大了，爸爸和队长经常骂架，那时候队长总是欺负我家，我才感到家里生活的些许艰难，但是由于岁数小，感受不是很深。

再长大就是上学了，从小上学老师们对我都高看一眼，因为我学习好，深得老师们的喜爱。对于学校的比较辛苦的劳动活动，老师们从来都不让我参加，我只扫扫班级的地就可以了。那几位老师我时至今日也不曾忘记。

在学习上，我从来没有感到困难，只是十几岁的时候得了结核病，才知道生活的艰难。家里没有治病的钱，我每天就打打链霉素，吃点儿异烟肼坚持了半年。后来开始吐血，家里才重视，我那时才感到生命好像要走到尽头了。后来有个人给了我一本治疗结核的书，我照着书里的安排，开始自己治疗。我每天早上起得很早，去江边做深呼吸，跑步，不知不觉中我的病就好了，我得感谢借给我书的那位老师，是她拯救了我，我一辈子也忘不了。

1987 年，我终于考取了长春医学高等专科学校，之所以学医，跟我的身体有关系。我的医学之路也很顺畅，因为我们有奖学金、助学金，几乎花不着家里的钱，年末的时候还能为家里攒点儿钱。

三年的学医生涯匆匆而过。美好的校园生活都一一刻在了我的心底。

上班了，院长也对我很好，不知道为什么我从上小学一直到参加工作，都那么顺风顺水，不论与同学还是同事都那么友好相处，从没有和谁恼过、闹过。

接下来我谈恋爱了，艰难的岁月随之而来。从一开始我们就属于两个世界的人。他外向，我内向，明知道性格不同，会有很多矛盾，可我们彼此还是没有放手，恋爱时，哭过、闹过、分手过，但到最后还是选择了复合。

结婚了，我的先生是个小气鬼，总怕我往娘家花钱，各种控制，此时我真正体验了生活的不易、艰难。我总在背后偷偷地流泪，无数次想过离婚。

说来说去是自己不会选择，接触异性太少了，不知道哪一种性格适合自己。

我也知道月有阴晴圆缺，人有悲欢离合，我也知道此事古难全。

对他我付出了全部的情感，我是那么珍惜我们的相遇，曾经紧紧地相拥，可是该相斗的时候却都毫不犹豫。

那时候或者说这时候都是我付出得多，我们爱的比我们以为的要深许多。常常想，那么，下一次，遇到另一个人，是否不再倾注太多感情，当失去的时候，也就不会难过，不会受伤。

那一年我从八十多斤降到七十斤，看书上说这是不对等的感情，分手吧。

他哭了，我也哭了，就是舍不得分手。

那年十二月初六，我们终于结婚了，记得那天天气很晴朗，下着点点的白色小雪，可是阳光很足，透过阳光，那点点的白雪像金子一样飘飘洒洒……

人们都说好天气，你们两个一定会白头到老。

如今我们一起走过了大半生，他的鬓角已泛白，我也有银丝缕缕，我不知道这算不算人们所说的白头到老了呢?

作者简介：崔凤芹，长春医学高等专科学校毕业，曾在多家平台发表文章，青年作家网签约作家。

用尽洪荒之力去爱你

吕丽娟

亲爱的宝贝女儿：

睡眠不好的你，从出生至今满周岁了，你就从未一觉睡满四个小时的，偶尔几次超过三小时都让我觉得幸福无比。

记得月子里白天抱着你睡，稍微一点儿声响都能把你吵醒。无论是隔着门传来大厅里的电视声，还是楼下宠物狗的叫声，你都很容易醒来，然后妈妈我必须抱着边走边哄，你才能平静下来。

有一次我好不容易努力不出声地收拾好了床上周围的所有物品，忽然被你爸爸走过去的时候无意撞倒。我气得要命，他却不以为然地说重新收拾一下嘛，有啥了不得的。其实我是担心那个声音会把好不容易才奶睡着的你吵醒，果然你很快就哼哼唧唧起来了。

过去这一年，我和你爸爸吵了许多次架，其中一个导火线就是妈妈经常憋着屎尿、忍着腰疼、干瞪着眼看天花板、保持着不舒服的坐姿一动不动几十分钟，刚把你奶睡了没几分钟，却被你爸爸因欣赏郭德纲相声或玩游戏而发出的大笑声给弄醒。我又得重新哄你睡，那种刚刚想休息又不得不战斗的情况如此之多，以致于不爱吵架的我一次次跟愤怒的母鸡一样到处叫嚷。

如果睡眠可以分等级的话，睡觉不好的宝宝就是会让妈妈夜里崩溃数次到要抑郁症发作的那种。因为身体的各种疼痛不适，还有支离破碎的睡眠，再加上其他各种主客观因素，我经常觉得快熬不下去了。

但是我又特别反对所谓的“哭了不抱，不哭才抱”的哭声免疫法，我认为那是违背母性和人性的。反正我是百分百绝对做不到孩子在我面前哭超过半小时却不去搂抱的，甚至超过一分钟我都觉得很漫长，何况那个“科学哭声免疫法”让孩子哭得不止半小时。我那么爱你，怎么舍得你哭那么久而不去抱你呢？

也许你是个高需求宝宝，也许你需要我的时刻陪伴才能感受到我的爱。而我，也时不时地能够感受到还不会说话的你的爱。

记得你周岁生日那天，你从夜里两点多睡到五点多，奶后又睡到八点多。那天我觉得你一定是心疼妈妈了，在这个特别的日子里送给妈妈一个最需要的睡眠礼物。

过去这一年，我重新定义了许多人生态度和目标，其中最大的目标就是要当一个合格的母亲。希望长大后的你，可以告诉妈妈这个目标是否实现了，好吗?

无论如何，亲爱的宝贝，请记住妈妈爱你，妈妈永远爱你，只要你需要，妈妈在任何时候都会陪伴在你的身边。

因为，我爱你，宝贝，我愿意用尽洪荒之力，爱你到永远。

作者简介：吕丽娟，女，汉族，1980 年出生于福建省漳州市，现定居厦门市。目前在一家美资企业担任副总经理，系青年作家网的签约作家。

冬阳散章（六章）

林旭华

红日安顿你心灵的家

冬天的太阳，总是圆圆的、红红的从东方地平线上冉冉升起。

一条细长的带露树枝从高高的山崖上横伸而出，湿淋淋、颤悠悠的。

红日似沐浴一新的新娘，披着圆圆的红头巾，略带羞涩地踮立枝头，脉脉含情地遥望苍茫大地。

山下的城市又开始了新一天的忙碌，依然是车水马龙、熙熙攘攘。

人们行色匆匆，笑意荡漾在每张充满朝气的脸上，犹如这冬天绽放的太阳。

昨夜，你或许为自己经历了太多的人生悲痛而哭泣，但这难熬的黑夜终究都会过去，拥你入怀的依然是这轮每天崭新的太阳。

红日就是你心灵美丽的新娘，无论你悲伤的心流浪多久，总能在你内心安顿下一个温馨、崭新而充满希冀的家。

阳光下演绎的斑斓故事

羞涩无法掩饰阳光满涨的绽放，冬阳从眸子中迸射出钻石般的光芒。

阳光踮起脚尖，蹑手蹑脚地爬上树梢，悄悄在枝丫间与树叶喁喁私语。

冬天的阳光是澄澈明净的，像水洗过一样，纤尘不染。

它穿透了树叶，使树叶变得非常透明，每片树叶都隐约地看透了彼此所有的秘密。

阳光顽皮地在树枝间跳跃，闪耀着缤纷的光晕，使树林变得有些迷蒙。

但阳光的语言非常明澈直率，仿佛天籁之音，击穿一切。

我们无法破解，或许只有树叶才能懂得。

小溪在或黑或黄的岩石间潺潺流淌，山谷寂静得似乎只有林间跳跃啁啾的鸟雀才能听清。

一片红红的掌形树叶随风从溪边树上轻悠悠地飘落下来，在水面发出细碎的声响，仿佛朝阳光轻轻吹了一声口哨权当告别，然后在溪水湍急的旋涡中打着转儿，匆匆奔淌前去。

此刻，顽皮的小溪鱼竟都静静地卧在或红或褐或带绿苔的鹅卵石上一动不动，默默地注视着前方溪面上色彩斑斓的阳光。

也许，这一刻与阳光私下对语，你才感觉全世界竟变得如此纯净透明和岁月静好。

你会深深感恩阳光。

阳光里一切蕴涵禅意

冬天的阳光坦荡而洒脱，似乎带点儿肆意狂放的粗野。

这时候，广袤的荒野早已被洗尽了春夏的奢华，裸露出真实面目，即使是小小角落，亦一览无遗，该峥嵘的峥嵘，该粗犷的粗犷，该弯曲的弯曲。

阳光洋洋洒洒，似万亿颗小小钻石，从蓝湛湛的天空纷坠，如烟似雾地在草叶间弥漫起一片璀璨，尖芒般地闪耀着夺目的光彩。

阳光的尖芒汪洋如潮，浩浩荡荡，倾泻万里，谁也无法躲避，谁也无法遮挡，谁也无法隐藏。这势不可当、长驱直入的阳光尖芒，顷刻击碎了任何阴谋、卑鄙、龌龊，并最终将其纷坠的一切碎片消融殆尽，消遁无踪，整个荒野都被洗涤得那么清新旷远、明亮磊落，连空气都流淌着干净的味道。

田野上沉甸甸的金色麦穗早已不见了，繁褥褪尽，裸露出的是松软而富有弹性的黑褐色土地，带有淡淡的泥土清香。

红的、黄的树叶静静地在山谷飘落一地，似乎在阳光下沉思着归根后的宁静和安详。

如果说春是天真烂漫的童年，夏是激情飞扬的青年，秋是睿智成熟的壮年，那么，这样阳光下的冬天是否就如我们期待皈依的禅意晚年？

阳光是善意的，你是快乐的

与阳光不期而遇并相拥，即或小小一方，亦足以明媚灿烂。

你的身体仿佛羽化了一般，轻盈、温馨而怡然。

阳光似乎渐渐沁入了你身上每一寸肌肉，渗透了你身上每一粒细胞。

它直抵你心灵深处，照彻了黑暗，轻轻抚平了你内心累累伤痕。

此刻，你的心灵徐徐展开的就是一片广袤平坦、清静自在的光灿灿世界。

柔暖的爱意开始在你纯净的心土生根疯长。

快乐的嫩芽亦在你松软的内心勃勃地绽放。

阳光是暖融融的，非常善意。

无论贫穷凡人、富贵达官，在这充满善意的冬天阳光里都是公平的，谁也无法攫取私有。

最重要的是在你人生失意落魄或者绝望无助时，这方暖融融的阳光也许会让你深深地感受到刻骨铭心的爱意，带给你随遇而安的慰藉和淡淡的快乐。

与阳光结伴前行，你不再孤单

走在静谧的林荫小道，你感觉冬天的阳光是那么坚定与执着。

无论枝叶如何交织茂密，阳光总能千方百计从树隙间抵达，投下斑斑驳驳的光影。

没有风，亦没有鸟鸣，林荫小道一片静寂。

唯有冬阳剑芒般的目光一直默默地注视着你，如一位沉默睿智的哲者，一直引领并伴你走过幽暗，走过沉寂。

你的脚步轻轻踏在铺满阳光和厚厚积叶的松软路面，发出簌簌声响。

你的思绪让轻盈的脚步敲击出星星般的闪闪灵光。

于是此刻，这世界有一种最美妙动人的音符，仿佛洞穿了这幽暗和沉寂，在阳光下粲然纷坠。

你的身影，被阳光拉得很长很长。

与阳光结伴前行，你变得更加沉静从容，不再孤单。

冬阳的辉煌与落幕

我想，人生无论是谁，辉煌终有落幕的一天，就如这冷峻冬天里渐渐坠落的夕阳。

此刻，夕阳就伫立在西天边，在静静的湖面随手抛洒下一长串金币般的光芒。

起风的时候，湖面荡漾起一片片涟漪，泛起了粼粼波光。

夕阳与冷冷波光交相辉映，漾起，散开，漾起，又散开，难道夕阳在表达对大地的深深眷恋么？

我不知道这冬天落日的心思，但我懂得太阳有升有落，无论怎样的依恋和眷顾，终有回归地平线的时刻。

冬天的晚风吹来，有些冷寂，就如我此刻对人生冷峻的深思。

是的，人生有些东西该舍弃的就舍弃吧，回归灵魂深处不断升华，实现华丽转身，明天升起的又是一轮崭新的太阳。

作者简介：林旭华，1963 年 7 月出生， 浙江省瑞安市税务局干部，瑞安市作家协会会员，擅长散文、散文诗及纪实文学类等作品创作，其作品散见于《瑞安日报》《温州日报》及省级有关刊物，多篇作品全国获奖，入选国家级出版物。散文《冬夜，荒野上那一片动人的月光》2000 年 8 月曾荣获由邢台市作家协会组织的“千禧杯全国诗歌散文大奖赛”二等奖。

七彩云南如披锦绣

赖维斌

七彩云南，如披锦绣。大自然独钟此高原省份，赐其壮丽山河，繁其众多民族，兴其璀璨文化，赋其万种风情。许多游客几度游历，仍心向往之。遂掠数影，以助管窥。

金沙江挟青海格拉丹东雪水，至云南迪庆、丽江，穿长江首峡——虎跳峡。此峡两侧，哈巴雪山、玉龙雪山奇峰破云，皑雪流光，山花万点，谷树千丛。上虎跳，蹬道似梯，游客如瀑，江水滔滔，峡风猎猎，最窄处宽30米。江流至此，由缓变急，更因江心有一巨石阻挡，浪花飞溅，涛声雷鸣。“沧海横流，方显出英雄本色。”在这徒涉犯难的激流面前，猛虎却能以江心石为踏板一跃而过，尽展“百兽之王”雄风，“虎跳峡”由此得名。江边筑有猛虎爬坡雕像：“大虫”回眸，不怒自威，张口咆哮，山鸣谷应。

丽江境内一座雪山，为中国国家级风景名胜区，以险、奇、美、秀著称于世。此山纵贯南北，长35公里，脊上耸起13座山峰，峰峰相连，积雪不化，形态玲珑，气势磅礴，远观如玉龙腾飞，“阅尽人间春色”，故称“玉龙雪山”，古名“耸雪山”。主峰扇子陡，险逾珠峰，无人能登，可谓“高处不胜寒”，引登高英雄尽折“刀”，据说17支登山队攀登此峰均告失败。峰高5596米，栈道仅达4680米，游客至此，望峰兴叹。从温暖宜人的山脚平坝，经凉意沁人的山腰森林，到寒气逼人的冰川公园，我饱览了亚热带、温带、寒带植被垂直变化的情景，仿佛穿越了半个地球，体验了“一山有四季，十里不同天”的地理现象。在海拔4506米冰川公园观景平台，我终于看到了瑞雪飘飘的奇景：冰雪覆盖群山，雪花纷纷扬扬，天地一片苍茫,宇宙倒回洪荒。我似梦别阳春西南，忽临隆冬北国，伫立于长白山雪峰下。

我见过无数山景，最难忘的是玉龙雪山腰部森林。海拔3356米索道起点，古树参天，蔚然深秀，群芳吐艳，空气清冽。这里，仰观雪峰峭拔雄伟，宁静晶莹，云遮雾罩，宛如仙境；俯察山谷万木葱茏，一河如带，春雨纷落，水白如镜。当我看到海拔3600多米山岭上依然生长着苔藓、冷杉，依然盛开着奇花异卉时，敬仰之情油然而生。山脊笔立，苔藓披衣而上；坡地土薄，云杉直指苍穹；寒凝大山，茶花迎风起舞。亿万年来，雪山植物历尽沧桑，何曾屈服？而且越长越茂盛，成为大山的守护者和形象大使。栉风雨后沐朝阳，战霜雪后入暖春，苦难铸辉煌，这是雪山植物的境遇，不也是中国人民的历程？人类是万物之灵，也是自然之子。我们不能妄自尊大，应该虚心学习植物、动物的长处。愿雪山植物坚毅、无畏、顽强、乐观的精神，深植中华民族的身躯，并终成全人类的财富。

在迪庆州香格里拉市，城北5公里外，苍茫草原上崛起一座青山——佛屏山。它名副其实，北阻寒流，南护一建筑群。此建筑群远看像古堡群，坐北朝南，布局严谨，由下而上，逐级抬升。雄踞城垣顶部的两座主寺为藏式碉楼建筑，楼高五层，伟如宫殿，殿瓦镀金铜色，屋角“兽吻飞檐”，具汉式寺庙风格，堪称“藏汉合璧”，相映成趣。它就是有“小布达拉宫”之称的噶丹·松赞林寺，汉名“归化寺”，为云南最大的藏传佛教圣地。游人拾阶而上，只见僧舍错落有致，门窗装饰典雅。登至主寺观景平台，南瞰远山如黛，东见祥云缭绕，西望梅里积雪，北览殿宇宏阔，我顿觉天高地远，心旷神怡。出家人本不问世事，但事关民族大义，另当别论。1936年4月，红二、红六军团长征至中甸，贺龙宣讲红军北上抗日的宗旨后，该寺开仓售粮、发动征粮，为红军提供了10万公斤粮食、80名向导，成就了一段佳话。

香格里拉一处郊野，春日朗照，芳草复苏，菜地平旷，屋舍俨然，多条经幡上聚下散，如伞开张，“伞”下堆石如锥，清水潆洄。春风吹拂，经幡灵动，呼呼有声，熠熠生辉。“伞”前勒石8块，上书“藏人缘·帐篷部落”，一行赤字与五彩经幡、蓝色屋宇、如带远山、碧空流云错落有致，相映成趣，构成生动、立体的高原风情画卷。游客至此，不知疲倦，身穿藏服，脚踏节拍，与藏族姑娘共舞，互道“扎西德勒”，友爱的暖流在胸中回旋，足以驱散早春的风寒。

金沙江畔一方山麓，月季耀目，坡岭葱茏，一家集研发、生产、销售、服务于一体的现代化酒类企业掩映其间，遥望玉龙冰滴，近闻金沙水拍，聚山水灵气，酿玉液琼浆，这就是香格里拉酒业股份有限公司。进入公司所在园区，猛然见一个4.5米高的巨大酒桶竖立草坪，游客无不惊叹！下到地库，看到偌大的空间里酒桶排放有序，精美的长廊中展品琳琅满目，优雅的洽谈区杯杯美酒飘香，顿时刷新了我的云南记忆。6年前，我曾赴红河州弥勒县，采风云南高原葡萄酒有限公司，欣赏“云南红”系列葡萄酒种植园景，得知这片沃土曾种葡萄，后来闲置，1997年港资投入开发葡萄酒业后重焕生机。而今游至迪庆州香格里拉市，在碧水青山间遇见香格里拉酒业，体会到“山外有山，天外有天”。香格里拉酒业2000年由商务部批准成立、外商投资，引进国内外一流专家、设备和世界最好葡萄品种，充分利用迪庆高原的雪山融水、日照条件，生产销售“香格里拉葡萄酒”和“大藏秘青稞干酒”，产品独具个性，已具品牌效应。“云南红”绽放滇东南，“香格里拉”“大藏秘”亮相滇西北。在改革开放20年前后，葡萄酒业如红河洪波涌起，似金沙惊涛拍岸，陆续崛起于云贵高原，成为云南省继烟草工业之后又一支柱产业，对西部地区扶贫脱困贡献显著，可谓得天时、地利、人和。

驼铃清脆，空谷传响；古道蜿蜒，雪茶飘香。丽江城西10公里处，拉市海茶马古道保存较完整，游客得以一饱眼福。穿过村庄，跃上山梁，峰回路转，难辨方向，幸得向导一路牵马，引游客骑行，我们终抵目的地。林尽水源，便见一碑，上题“圣水源”。导游说，这是拉市海的水源之一。如此纤细的一脉清流，与她的兄弟姐妹齐心协力，造就拉市海一方汪洋。个体之力终究有限，集体合力移动群山。十四亿中国人民团结一心，砥砺奋进，九天揽月，五洋捉鳖，都可梦圆。

峡谷深处，澄碧的金沙江水静静流淌；玉龙脊上，洁白的鹅毛大雪纷纷飘落。万山丛中，泸沽湖波平如镜；篝火堆旁，摩梭人载歌载舞……

作者简介：赖维斌，深圳市工信局调研员，作品曾获深圳市第六届哲学社会科学优秀成果二等奖、第四届“中华情”全国诗歌散文联赛金奖、第六届“相约北京”全国文学艺术大赛一等奖、第六届中外诗歌散文邀请赛一等奖。

鲢鱼头

卢伟

鲢鱼头，自古便是淮扬菜系中的传统美味，享有盛名的“三头宴”，鲢鱼头便是其中一“头”。唐人郑璧说：“扬州好……镬中清炖鲢鱼头，天味人间有。”清代郑板桥有“夜半酣酒江月下，美人纤手炙鱼头”的诗句。同在扬州、同为过客、同好鱼头，这味冠上古的滋味好生了得！

传统做法：将鱼头劈成两片，去鳃洗净，放至锅内加清水淹没鱼头，置旺火上烧至鱼肉离骨时，捞起拆去骨头。剔骨是细致活：先拆正面、慢慢用手指摸骨头，一手指尖按住一手拆骨头，正面拆完后盖上一个盘子，翻过来拆背面，鱼脑和鱼唇都是精华，这部分要小心弄，锅内再换清水，放入鱼头肉，置旺火上烧沸后即可成盘。

精妙在于“快”字——1. 从活鱼出水到鱼头成盘约个把钟头。2. 鱼头三十六块骨头，最快“拆”时不到五分钟，而且分离之后的鱼肉完整、有形。3. 底汤采用棒骨预制因其富含骨髓本就浓稠，加已烩好的鱼头，不仅突出食材本身“新鲜”，为锁住汤汁中的胶原蛋白，所以快烩快成。烩鱼头不仅滋味鲜美，而且营养丰富，尤其是这鱼头中的眼膏，具有养颜美容的奇效。

影视剧里扬州三头宴中“拆烩鲢鱼头”，为什么会多一个“拆”字呢？

有段乾隆皇帝褒奖孝悌的故事。城南渡江桥南坡处有个小码头，每天下午五点左右有渔船靠岸，不等船儿停稳，小贩们就一拥而上争抢着买新鲜鱼，但最大最好的鱼全留给王记饭庄。这饭庄是渡江桥一代有名气的老字号，饭庄进门处有块牌匾，据说是乾隆御赐：“拆烩鲢鱼头”。笔力遒劲，虽说我不懂书法妙处，但感觉有曹衣出水般宽雍拖沓抑或涂改之后的欲盖弥彰：“拆”字构架独特，字中的那个点又圆又大，而且特意用赤红色的朱砂写成，很不和谐。偶有好事者询问，老板只是摇摇头，微笑着说：“一点儿家事，不足为外人道。”

幸有机缘邻居张老与饭庄老板是牌友，知道匾额的由来——一百多年前……饭庄老板的先祖早年丧父，与母亲相依为命，母亲给他取名王行芝，自幼在渡江桥一带乞讨为生，十二岁时随母亲改嫁给一位厨师，逢年过节厨师去大户人家帮厨时经常带回主家给的鱼头、鸡丁等，行芝就用这些食材烹饪（如叫花鱼头、坛子鱼头、豆腐鱼头、麻辣鱼头等）。行芝经常请街坊们品尝他做的菜，日子久了，四邻们凡是遇到红白喜事都争着请他执厨。他制作的菜品中，数烩鱼头最有名。据说因此菜滋味好，后来大家甚至忘记了他的本名，都以“烩鱼头”这道菜名来称呼他。

乾隆四十五年（1780）冬天，气温非常低，“烩鱼头”的母亲不幸得了寒疾，卧床不起。“烩鱼头”四处求医，但母亲的病情总不见起色。“烩鱼头”虽焦急万分，但苦于没有良方，只能陪侍榻前。眼睁睁看着母亲的身体一天天虚弱下去。就在此时，海宁陈府管家找他并告知乾隆皇帝行宫设在海宁安澜园，并请他立刻前往帮厨。“烩鱼头”本不想应陈府差事，但转念一想，去了说不定还有机会请行宫里的太医给母亲诊治，或者给个方子配个药什么的也行……谁料他去了之后，忙得昏天黑地，别说找太医，就连行宫厨房的门都不让出。第四天夜里，外省进贡一批南洋血鲢送到厨房。送鱼的人说血鲢是驱寒极品，专治寒疾，“烩鱼头”听说之后怎会不动心？可供品都是严格计数的，而且给皇上做饭可不是儿戏，全程有侍卫看管，食材耗量、配料均由专人记录呈报有司存档。偷盗御用食材……杀头罪过。

据说“烩鱼头”偷血鲢的方法很高超，当时无人知晓。不久，“烩鱼头”母亲的病痊愈了。可是后来从云南回京的和珅路过扬州，还特意派人去找“烩鱼头”。时任吏部尚书的和珅详细询问御膳的制作过程，在查阅日志（替皇上买单核对相关账目）时，发现了“烩鱼头”配料比、火耗过大，觉得其中定有端倪，后派人调查，“烩鱼头”供认不讳，并且自己走去刑场跪在那里等候发落，当地官员拟办：斩“烩鱼头”。“烩鱼头”的母亲跪在和珅住处门口，和珅立即吩咐地方官停止执行，理由：1. 涉及皇家的案件地方无权擅裁。2. “烩鱼头”有罪，但念其一片孝心应从轻；此次乾隆下榻安澜园本就是思念生母，如今“烩鱼头”因母亲生病而领死罪不合适。3. 赶紧令人将案件及拟办意见六百里加急呈报皇帝。结果如和珅所料，上谕：在地方官奏折上，“斩烩鱼头”的“斩”字上加了一笔朱砂，而且这笔朱砂很大（似有不忍下笔之意），这一弄就有些类似“拆”字。传说时年刚三十岁的和珅因仅从配料损耗配比就能查处“烩鱼头”案，得到乾隆嘉奖在返京路上就被任命为户部尚书。这也许就是今天“拆烩鱼头”的由来。

虽经百年历史，“拆烩鱼头”的配方有很多种，但唯独菜品所包含的“孝”心不改。愿普天下所有的母亲都能来古城扬州品尝这份百年“孝”心诚品。

作者简介：卢伟，男，江苏省扬州市经济技术开发区综合行政执法局，2011年江苏省委党校研究生，业余时间收集整理淮扬菜系相关资料。

假如爱情可以刷卡

潘宇浩

天气渐冷，又到了呼气成云的季节，在捧起一杯暖饮的时候想起了你，送走一片晴空万里。

和一帮朋友一起去食堂，带着寒意的小手不断地轻轻擦动，眼神偶尔会在来来往往的人群间游离，然后很有默契地相互投出失望或者惊喜的目光。

“我怕冷，想冬天来的时候，她也来了。”朋友说这是一句藏头“诗”，结果，冬天来了，她依旧不来。不过现在已经是“春来未来，秋寒又寒，风起未起，雨雪漉漉”。我说这也是个藏头诗，形容时间之长，当作背景，衬托一下久等未来的“悲壮凄凉”、情路惨淡。不过他还算幸运，不是我爱的人不爱我，而是喜欢我的没有一个是我喜欢的，奈何其眼光之高，就算想路上偶遇也很难遇到可以说得上喜欢的人，虽然有次“众里寻她千百度”，不过很可惜没有好到让他去和另一个男生争逐!

其实人越往后，越学会少付出、多要回报，谁不想要一个美好的爱情故事呢?反正彼此暧昧，反正你情我愿，彼此都是“成年人”的标签，直接换下每个人渴望的美好氛围。不过这也叫爱情，也能从对方身上获取甜蜜，因为爱情不管是给予还是获取，都可以满足需求，且在这酒酽花浓之时，我们还是选择用一段美好的爱情，来配自己的青春。虽然要等，虽然可能还是“春轻涩，夏妆言，秋你不来，冬你不在”。不过至少，我把每个清晨、夜晚的话语，留下来，给你。毕竟是和能容下彼此星辰与大海的人在一起，要是不够喜欢，那就只有苦海和没意义的厮守。

徒步到了二楼食堂，把菜一个个放到自己的托盘上，然后刷一下卡，菜就是你的了。朋友吐槽，如果爱情也能这么简单地刷一下卡就好了，我说你想得美，若真是如此，也背离了我们对青春故事的美好期望。玩笑之余，我想了一下自古以来爱情的几大主题：“想得，不知道能不能得”“想得，却不可得”“想得，不可得但还是想得”“想得，不可得还想得，最后发现另有人得”。最后想想，还是一个“春有初雪夏有霜”的问题。

瞧瞧，郑孟熙说得多么有哲理：爱很复杂，有的时候，是一种很想见到他的心情；有的时候是一种，见到他觉得很讨厌，不见他，又很孤单的心情；有的时候，是一种错过之后，格外遗憾的心情；有的时候，是一种被温暖的心情。有些时候看见他就会开心，有些时候看见他就会心痛。爱呢，就是这样复杂的感情。总是感受到温暖和幸福的人，可能是感受到被爱；然而会让你难受的，是因为你在爱他。

记得初中时有同学就开始谈恋爱了，我当时认为：这个时期的爱情一定会夭折！高中时有同学也谈恋爱，面对高考，家长是“宁可错杀一千，也不放过一个”的心态，不满家长要求的恋爱“法定年龄”，初恋注定被“枪决”。而同学问我为什么不找个女朋友呢？我还是引用高中时写过的文章里的话直说：“因为我无法给她，给整个家庭想要的生活，爱情需要太多的保障。”

到了大学，我曾经以为大学里的恋爱就像快餐一样，来得快，去得也快。而已是大四生的我，面对爱情，真还有跳入“情海”怕破碎之忧，这世界那么大，惺惺相惜的人那么少，真诚地说一声，别互相伤害呀！

爱情真的可以刷一下卡吗？

春天的时候遇到了初雪，内心很高兴，对以后的雪有了美好的遐想，就像是人遇到“真爱”，欢喜之余，也会渴望与她能有个美好的开始、过程与圆满结局一样。但很多时候，这种渴望就像是希望夏天能遇见霜一般，希望微乎其微。但爱情就像是最好的羽绒被与安眠药，轻柔、温暖、让人安然入睡，带着爱情的睡眠我相信无人愿意醒来。我遇见过分了又和、和了又分的，遇见过明知自己不可能却依旧喜欢的，也遇见过嘴上说讨厌心里却爱着的，虽然都有各自的喜忧，虽然都说自己很痛苦，但我只想说，挺羡慕你们，在这个暧昧的时代，还能有个喜欢的人。对更多的人来说，遇见不是春雪，遇见，是夏霜啊。

作者简介：潘宇浩，生于浙江丽水，中国散文学会会员、浙江省散文学会会员、丽水市作家协会会员，已出版《走向》《痕迹》，在国家、省、市级以上报刊发表文章150余篇。毕业于杭州师范大学，大学期间荣获超级演说家、年度优秀主持人、优秀团干部、师大荣光、学科竞赛精英奖、浙江省第十届大学生创业大赛金奖、全国第十届大学生创业大赛银奖等荣誉。

与生活握手言和

任芳芳

一个早上六点就出门去加班的老公，一个哭着闹着不肯去上幼儿园的熊孩子，一个明明十分钟路程就可以走到辅导班却还是噘着嘴说“风大，送我吧”的初中生——组成又一个鸡飞狗跳的早晨。

在对他们抱怨和呵斥的同时，我自己也觉得心情郁闷。生活为什么就是这样一副鬼样子？说好的诗呢？远方呢？阳春白雪呢？心灵鸡汤呢？

路上接到了女儿小学数学老师的电话。我还记得那个眉目温和，梳着齐耳短发，对女儿关爱有加的中年女教师。她向我咨询当年我女儿眼睛受伤做手术时医院的情况，我竭尽全力地把我知道的一切全部都说出来。末了，我问她是谁的眼睛怎么了，她说，是她的老公，因为角膜炎，需要做角膜移植手术，角膜移植还需要有合适的供体，但是现在没有。

我突然语塞，面对这样的情况似乎任何安慰的话都没有用。我只能干巴巴地说，我只知道这些了，如果您需要，我再帮忙仔细打听一下……她说，不用了，谢谢！

挂断电话后，我回味着她的语气，虽然还是那样的温婉缓慢，却有掩饰不住的低落和筋疲力尽。

我想象着她内心的痛苦、焦灼、郁结。可是我知道我想象不出来，每个人都有不为人知的痛楚，即使把伤口扒给你看，你也极难感同身受。有些事情不亲身经历，根本就不可能知道当事人承担的心酸与无奈。

可是，我却为了这不能感同身受的别人的痛苦，突然醒悟到了自己对生活无趣抱怨的矫情。

想起昨晚在朋友圈看到一个新加的朋友一段题为“与生活握手言和”的文字。前段时间她通过某个微信群加我，只是为了向我咨询我所在城市的一所肾病医院的情况。后来通过她偶尔的只言片语，以及昨天的那段文字，我才知道生病的是她的丈夫，还很年轻。她说她不忍心看满屋的婚纱照，不忍看曾经走路带风眼中含笑的那样一个人如今躺在病床上的无奈、无力和憔悴。

她写他们共同承担的痛楚，写面对生活重压的无助，写“为什么是我们？这样的事情为什么要让我们遇到？”的诘问。面对那样长的句子，我不知道还能说什么，也觉得不管说什么，都是徒劳。

可是那种感觉我懂的。当年，我因意外摔断了五根肋骨，也曾遭遇不明原因的肝损伤住院，还有女儿和小学同学玩耍时不慎刺伤眼睛需要手术……这些时候，我也曾无比悲愤郁闷地想要毁掉整个世界，想要找出那个冥冥之中掌控一切的存在，质问一下它：“凭什么是我，为什么是我，我怎么了，要这么对我”？

有时候，最能摧毁人信念的，不是困难本身，而是“为什么是我”的愤怒、失衡和绝望。但事实上，生活从来不曾温柔对待过谁。它面目狰狞，有时候像个顽劣的孩子，恶作剧不断；有时候像个凌厉的大叔，冷酷残忍地在你的伤口上撒一把盐又一把盐；有时候简直就是个变态的女巫，带着摧毁一切的疯狂席卷你的人生！就连它最温和时的样子，也难免衣衫褴褛，灰头土脸，或者披件华丽的袍，上面爬满恼人的虱子。哪个人在自己的生活里，不曾在寂静无人的暗夜里悄悄哭泣？不曾在人生的转角处而质问过命运的不公？不曾面对无法割舍的失去而痛不欲生？

可是，生活以痛吻我，我却报之以歌。就算这么艰难，我也仍然想要活着，愿意活着。

就像东野圭吾的《时生》里边说的：“你从来没觉得能来到这世上真好吗？你可以喜欢别人，可以被别人喜欢，这都是因为你能活着。”

生活赋予的苦难，有时候能让我们更加清醒地认识幸福的含义。

我肋骨骨折的时候，需要平躺在床上二十一天，那个时候我觉得只要能够坐起来看世界就是幸福。我肝损伤吃不下去饭的时候，觉得只要能顺畅喝下一碗小米汤就是幸福。我看着朋友和爱人一起战斗着病魔还要一边与生活握手言和的时候，觉得自己能够抱怨着帮不上什么忙的老公、和熊孩子斗智斗勇都是幸福。

我们以为生活在剥离我们人生的美好，但其实生活也在一直无私地给予。

因为生活给予了我们离别，才让我们明白了亲友相聚的可贵；因为生活给予了我们病痛，才让我们明白了生命健康的重要；因为生活给予了我们失去，才让我们明白了拥有时应该懂得珍惜……

确实，生活常常面目可憎地让人望而生畏、生厌、生烦，并且强大得让人难以改变。可是因为爱，因为不舍，因为还想要继续，那么除了握手言和，我们还能怎么样呢?

也许，只有与生活握手言和，把酒言欢，真正包容了它的冷酷无情，领略了它的无动于衷，品尝了它的艰辛苦涩之后，才能懂得身边每一朵花开，每一个人经过的含义。

作者简介：任芳芳，笔名陌上暖色，文字爱好者，全国公安文联作家协会会员、河南省鹤壁市作家协会会员。从小喜欢用文字记录生活与感悟。作品散见于《啄木鸟》《河南公安报》等报刊，更喜网上著文。代表作有小说《追问》、散文《余生，做有情之人》等。

晚风野舟，各有渡口

黄凤鸣

雨泡山。一动不动沉浸在雨中的树，两两静默，像一双含情脉脉的情侣；也像一对母女，小小的人儿自知犯了错，垂头丧气地耷拉着小脑袋杵在妈妈面前。一定不会像她们母女现在这样：那么乖巧的小小人儿，才长成青涩模样，就倨傲而忤逆，浑身充斥着不耐烦，背对着母亲每一句话，哪怕在母亲心上扎窟窿……想到这，桑湉不禁扭头看了一眼佳妮，车后排的佳妮戴着耳机听音乐，眼神漠空一切。

暮色把城市与喧嚣逐渐抛诸脑后，转而代之沉重爬行，难遣忧悒般拐了几个弯后，与之接驳的是一条伤痕累累的郊区水泥路，大型的水泥工程车不时轰隆隆迎面而来，恶作剧般卷起地上的黄沙泥土纷扬在空中。

到了这间泊在山脚下的画室，佳妮学画，桑湉作陪。爱子莫如给他最好的教育，桑湉一直这么觉得。对欠自觉的孩子来说，教育手段包含冷静提醒和拍案而起。一般情况下，桑湉有副好脾气；冷静提醒后面就跟着拍案而起；拍案而起往往上升为武戏；武戏的结果往往使这对母女在精神上又分道扬镳一回；分道扬镳是天天存在的；骨肉团聚戏码在当天卷土重来。

这对母女仿佛只有经历如此渊薮分教，大地才能回春，万物才能生长。

她们在画廊租了一个两人间，房间朝北，有个由四扇小窗组成的深绿玻璃大幕窗。窗外有山，说是山，其实比楼高不了多少，更像山坡。桑湉会心一笑，此地名曰浮山，果有其意。不过对见惯了城市的高楼大厦和无处不在的车马喧嚣，视觉和听觉正在退化的有城市综合征的人来说，突然遇见这么一处青翠丰茂、藤葛缠绕，没有经过任何人为雕琢的原始山林，不禁诚实地欣喜起来。这个时候桑湉才看清自己：原来这般胸无大志！

山林漫山遍野青碧黛绿，间或夹杂着一小撮荒枯的灰黧色，横柯上蔽，疏条交映，颇有水墨意境。灰黧渗着青绿，表皮像极青梨。一到冬天，此前蓬勃了三季的叶子顿时掉得片甲不留，就像掉光牙的耄耋老者，只剩下一簇光秃秃的枝杈在寒风中驳杂凌乱。足够野性。

槐树上方住着松鼠一家，桑湉直到今天才发现松鼠目光如电。一大家子总能快速地从地面搜到可吃的东西，然后三两下嗖嗖飞窜上高枝，把自己埋没在厚厚的树叶枝桠中，一会儿又拨开叶子腾跃出来，母亲稳稳立在粗大的树枝上不停地四下瞅望充当哨兵。山林充斥着足可旷望的母性氛围。

山间左邻右舍中，麻雀大概起得最早，也最有趣，时常成群结队地在枝头叽叽喳喳，直抒胸臆。山脚有几棱茶叶蓬，蓬边隔四十厘米是围墙。有了围墙，自然与人也就有了界线。雀巢会后，小家伙们一个个煽动着翅膀飞快离开，有的飞到低处，有的停在茶叶树丛上啄虫吃，有的飞到墙上，有的飞进院子来，三三两两地学人清谈。清明鸟叫声清脆婉转，远近相和。晴朗的三春，亭午时分，暖阳绮丽华贵，寸缕寸金，所照之处，仿若是对世间万物的道心渡济，而令自然万物生生不息。布谷、黄鹂和其他鸟叫声欢快清脆，相比麻雀稍显惜喉。等青松鸦雄猛壮观地扑腾起翅膀时，山体已暗得只剩一线轮廓。须臾普蓝的天空，一轮毛绒绒的明黄阙月高挂天空，松林如山涛，循声仰望，漆黑的山脊线，清辉的月光下，青松鸦在不断地展翅扑棱，其形如雉，其声如鸭，其翅如浪。一树茂密松枝随之上下振动，如飓风中心的震波迅猛向周围连绵扩散，树林发出哗哗如山涛般的声响，搅动一山的夜气送向月色，山光悦鸟性呀！真是一个“闲门向山路，深柳读书堂”的好去处。佳妮和桑湉读书为伴、鸟雀为邻的日子就这样开始了。

卷笔刀在转动，送出一尾尾像鱼纹的铅笔花。桑湉在给佳妮削画笔，一卷一卷像极了削菠萝，也像削梨……女人的一生与各种刀具天然谙熟，冰冷的物件，有时比男人靠谱。你无法知道一个男人在你最需要他的时候，他是原形毕露还原狂蜂浪蝶飞走；你认为他是闪闪发光的金子，他却时不时假装自己是一根链子，说掉就掉。桑湉就是遇到一根大粗链子……常有人会道一声“晓得今日，何必当初”，可是遍踏南阎浮提，若真有先知先觉，这世上的爱情图鉴恐怕也会泰半勾去。如果没有爱情中的脸红心跳、神魂颠倒，人人皆可预知自己未来伴侣，这世间该有多枯燥无聊！

当腹部突然密集剧痛，喘不过气来，桑湉这才审视自己：肚大如箩，两周以来暴发性肥胖，不能弯腰系鞋带，常常在开车时突然陷入极短暂的脑昏迷，闹到要放弃开车的地步。

小小的诊室插满腿秧子，病人们堆拥着，人人神色急迫。喏，那个穿着白大褂的医生，正全神贯注倾听患者自述病情，使人触目惊心的是他不大的年纪却鬓畔挂霜。他看一眼桑湉隆起的腹部，有了判定：“要开刀。”事后桑湉忆起那日医生严肃而不失怜悯的眼神，才咀嚼出此间暗藏的意味：此开刀，非仅为一次肉体的划拉与刺探，因此你要去炼狱，去彼岸，把这个命忧之人拉回此岸。

一把柳叶刀足可宣告一个活蹦乱跳的年轻生命面临怎样的病凶危亡！冰冷的手术台上只是物，施了麻药如死之人像菠萝，也像梨……那一刹身魂飘零在无尽漆黑的荒原，像深秋悲凉荒野上飘零的枯叶，像寒冬飞过光秃秃的树枝嘶哑躁叫却无处落脚的寒鸦。虚空有音，告知她：汝命已失序，汝将自生自灭。她失声恸哭！没有灯光，要如何走出这漆黑的荒原？“刀锋翩跹翻转/戴手术帽的人至心若镜/刀光心光点燃夜空/繁星宣告他为大地丰饶而来/故而所到之处/枯藤野草，以及万物生灵/无一不/顷刻间神采飞扬……”

黑夜，起风了，大海黑浪翻涌，船尾高高翘起，一艘大船正在沉没，惊慌失措的人们即将沉入大海，一转头满天繁星……嗯，真痛啊！麻醉后第一次痛醒，映入她呆滞的眼的，是一张全神贯注的脸，正在查看她的伤口。见无碍，他微微笑了，一室芬芳如开满彼岸花，眼睛亮如星。

护士带着心疼说：“我们主任昨晚手术到凌晨三点半，在手术室的躺椅上睡了两小时，起来就来看你了，一会儿去看门诊。”

“渡口!”她心头骤然一热，差点儿落泪。这是生命的亮光，医生医生，你愿意渡我去那个悲欣交集的地方吗？她从洁白的被子下伸出手，想去拉医生的手。因与他见，这只手也高贵起来。

“不，不!”他惊慌后退，“疾病主要靠自己抗争，作为医生我能做的其实很有限。当看到能治愈患者，我很欣慰。”

正是红枫黄叶，窗外杏叶美得夺目。窗内的病人来来去去。

隔壁床的老妇一大清早坐着轮椅去做手术，抬回来时已是晚上，私处里里外外切了大半，再艳丽华贵的丝绸也包裹不了她的羞涩和难堪，再大声呻吟也遮盖不了她心里的痛楚。一双白鸡爪似的手握住镜子，颤抖着问：“ 我还是女人吗？!”接下来她一天、两天沉默着，视线一直不离门。转天能半躺了，她取出镜子，用廉价的粉液遮住皱纹，苍白瘦枯的脸印上腮红，再拿出一管口红，娇滴滴地说：“这是他送的。”这个“他” 字拖着长音，一派藏不住的暗暗喜欢。然后虔诚看门，仿佛救世主随时会在那儿降临……她要等的人始终没有出现。

“你不知道人们是怎样恶意评论生这种疾病的女人的，”她低低叹息，掩饰不住强烈的失望：“来世我要做一只鸟。”

“为什么做鸟？”

“鸟可以自由自在飞翔，做女人太苦。”前夫是赌棍恶棍，打她的时候能把木棍打断，她忍无可忍，带着三个儿子外逃，把他们带大，看着他们结婚。

那人总算来了，皮肤枣红，挺着啤酒肚。一个小包工头，女人见了两颊立即飞起红云，五十老妇娇羞得如同十五，语音更加娇滴滴。男人病床前一落座，马上递上手里的黑色塑料袋，一只捆扎成人民币形状的塑料袋。隐约听见女人轻声问：“她知道吗？”中途她提出要上卫生间，长子习惯性地来扶，老妇打掉儿子的手，男人会意：“我来。”俩人移着跬步一前一后像跳华尔兹。

男人走后，女人平静地说：“我们应该不大会见面了，我村子离他七百多里。”

“你们分居两地？”

“他是我情人，比我小八岁。”

桑湉不由张大嘴。这个……实在太意外！

秋天的雨夹在夏天和冬天之间。雨泡山。一动不动沉浸在雨中的树，两两静默。桑湉和佳妮嘴角上扬着宽恕的笑容，彼岸花盈盈浅笑。

晚风野舟，各有渡口。

作者简介：黄凤鸣，笔名和颜，居西泠。浙企优秀青年，和颜书斋创始人，空中教室作文总策划。14 岁写出长篇小说《俞督堂传奇》，喜爱散文，发表文章多篇。

一碗油泼面

田光明

回想我的从教历程，我总自觉不自觉地联想到一碗油泼面。几十年过去了，一碗油泼面的清香，根植于我的记忆深处，时刻想起，使我感动、感恩。

20世纪70年代，在村小上学时，学校只有两名老师，一个姓李，一个姓姜。李老师是校长，从外村调来的，教我数学。教我语文的是姜老师，我们同村，他很赏识我，也很爱护我，我也学得很用心，拿到语文课本，我都赶着往前学。他每进行新课时，都会发现我早已读熟了。所以，他常让我在班上给同学们领读。他忙了，顾不上时，还让我帮他批阅作业哩。那时我很自豪，也很骄傲。在班上，我先后担任组长、学习干事，后来被提拔为班长。

那时候，村上给学校划了二三亩坡地，在学校西边的坡梁上。冬天，老师带着我们，拿着工具，把地挖开，让风吹，让雪雨淋。春天来了，阳气上升，万物复苏，冰雪融化，解冻后的土地变得松软。伴着春风，老师带着我们，种下苞谷，施上土肥，师生们干得热火朝天。特别是那些学习差的、常在教室门前被罚站的同学，在劳动中受到老师的表扬，也很快乐，也有了自信。热情高涨时，他们还偷偷拽女生的辫子，一起干着，互相闹着，欢声笑语，在山坳里回响。

秋天，苞谷收了，老师给我们煮些嫩苞谷棒子，同学们兴高采烈。白露前后，我们把收过了的玉米地，又挖一遍，洒下金黄的麦种。来年过完“六一”儿童节，我们高年级同学拿着镰刀割麦，低年级同学扛着麦捆，放在学校门前的场上，晒干，碾出颗粒，晒到场院里。收获结束了，老师们把粮食卖一点儿，给同学们发一支笔和几个本子以资鼓励。留下的粮食磨成面粉，补贴灶上吃。

在艰苦的年月，老师们的灶上很红火，当炊烟袅袅，葱香扑鼻时，我们都会偷偷向灶房里看几眼。灶房边上有一块空地，是老师们的菜园子，用篱笆围着。园子里种着南瓜、豆角、西红柿、辣椒等各种各样的蔬菜。春天，菜花盛开，蜂飞蝶舞；秋天，豆角、南瓜、辣椒挂满枝头，硕果累累。

几位老师都是做饭高手，这也是他们从教几十年苦练出来的功夫。课间，他们就在灶房把面和好，揉一揉，让面醒着。放学后，两人一个擀面，一个弄菜、烧火。

在教室门前的场院里，我捧着书站在那里，给没读会课文的同学们领读，一遍又一遍……

老师的饭做好了，伴随着滋啦啦的响声，一股呛鼻的油香味飘了出来，他们吃的是油泼面。他们在灶房把面调好，端出来，圪蹴在灶房门口的房檐下。看着他们挑起的长面，口水在我的嘴里打着转儿，肚子咕噜噜地响。那一刻，我强忍着，忍得难受了，就到老师的办公室倒杯白开水喝。带着同学们背完书之后，就匆匆地赶回家。

母亲为了赶活，已经下地了。饭在大锅里放着，她怕饭凉了，用柴禾在灶膛里围着火。我推开很沉的木锅板，一股刺鼻的萝卜味扑面而来。又是苞谷面削的片片，里面还煮着萝卜。盛在碗里，我吃着，咋又是这饭啊。想着老师碗里的油泼面，眼泪不经意间在脸颊滑落。

吃着难以下咽的饭，我心里默默地想着，我一定要好好念书，像我的老师一样，吃上油泼面。吃完了不情愿吃的饭，天还没黑，我就到地里帮母亲干活。母亲问，吃饱饭没，我点着头，吃好了，饭热乎哩。母亲微微一笑。母亲为了多挣工分，每到冬季，都要承包一块坡地，一个人来进行修整。

初冬的傍晚，月亮从东边的山头升起，笼罩在田间的薄雾也慢慢地退到村前沟岔里。在皎洁的月光下，我推着架子车，母亲铲着土，我娘俩说着，干着，进度就快多了。夜深了，我和母亲收拾农具，放到架子车上，让母亲坐上车，我拉着，从梁上的坡地往家走。我娘俩说着，笑着，但母亲一再叮咛我，下坡哩，慢着点儿。

寒来暑往，四季轮回。我上完了小学，又上乡中，后来又考上高中。1978 年秋季，在我准备高考时，星期天回家背馍，村上的支书征求我的意见，让我回村里教书。原因是在村小教书的李老师调走了，学校缺老师。坚持上学与回村教书，在二者之间，我思考，我纠结，但那碗油泼面的香味，总是在不知不觉中从心底升腾，时刻诱惑着我，难以抵御。目睹着母亲佝偻的背影，我答应了村支书的要求。次日的星期一早晨，我走上了村小的讲台，开始了我的代课教师工作。

放学了，目送着孩子们离开校园，我就来到灶房，很拘谨，手搓来搓去，不知道干啥。姜老师已经在擀面了，好些日子他一个人支撑着一个学校、百十多个学生，都没心思做饭。今天我来了，他把灶房卫生收拾干净。我笑着，坐下来，拉着风箱。水开以后，长长的面条下进锅里，老师给铁勺子里倒了些菜油，让我把油烧到冒烟，他把煮熟的面条捞进碗里，撒上红辣椒面和葱花，让我把沸腾的油淋下，伴着滋啦啦的响声，葱香顿时扑鼻而来。这时，再用筷子搅均匀，面和调料拌在一起，使人禁不住口水直流。那一刻，我也没有多想，端起碗，就和老师坐在一起吃着。但眼泪不由自主地涌出了眼眶……

我的青春，我的理想，似乎都是远方，遥远而缥缈，当下唯有吃饱肚子，替母亲分担，给家庭分忧，才是我要面对的现实。吃罢饭，近处的学生已到校，我走进教室，指导学生写字、碾墨。在教室，与朴实的孩子们在一起，我就觉得似乎有股强大的磁场在吸引着我，使我不能轻言放弃。

那时，没有教师节。但在山坳坳里，我感觉，教师地位还是蛮高的。乡亲见你都很尊敬，管你叫先生，村上红白喜事，把写礼、管账的重任托付给你。公社每月按三、五、七元的标准，发给每人每月的生活补助，年终按所在村组前三名的平均工分数计算，给你记上工分。星期天、寒暑假，参加村上的生产劳动又给你按加工计算。年终决算，我的工分在生产组领先，比长年累月坚守饲养室的饲养员工分还多。这样下来，分到的粮食也就自然多了。母亲很欣喜，说咱家这一下，粮食就够吃了，也许就有余粮了。

从教几十年，我就这样，执着地坚守，默默地耕耘。其间，我曾有过经商、做新闻、搞金融、作公务员等机缘，但我都未放弃村学的讲台。在民办转公办的煎熬期，在工资不能持续时，身边的同行，下海经商，转行谋职，我都心动却未行动。

一碗油泼面，一生的职业，一世的情怀，和着我的青春，使得我走上村小的讲台，终身与教育结缘。虽然，艰苦的生活，已随远去的时光成了过往，但它时刻在我的记忆里掀起波澜，唤醒内心深处久违的感动和感恩。

作者简介：田光明，陕西渭南人。中国微型小说学会会员，陕西省散文学会会员，渭南市作家协会会员。曾在《光明日报》《陕西日报》《教师报》《渭南日报》《陕西工人报》《大风》《渤海风》等报刊及文学陕军、金雀坊、青年作家网等网络平台发表散文、小说等作品二百余篇。曾获省市散文奖、“金麻雀”小小说全国优秀作家奖。

流逝岁月

戴一菲

一切的一切，都在飘远，都在逝去，无法挽回。

时间像流水，残忍却公平得可敬。爱恨、恩怨、伤痛、欢乐种种，都像是春日里繁盛的绿叶，待到冬日必定会消失殆尽，而世人也将无止境地感怀它的存在，日复一日，年复一年。

其实我们都晓得这道理，却依旧义无反顾地按着时间规定好的轨迹走着。时间像是一个小偷，像《岁月神偷》那首歌中唱到的“时间是让人猝不及防的东西，晴时有风阴有时雨”那样，我们没办法预料未来，珍惜当下是我们唯一将这韶华保存的选择。

时间就算再残忍，可它终究带不走回忆与爱意，所以，千万不要失望。只要我们愿意付出，时间愿意给予。

我遽然想到李白的那句“不知明镜里，何处得秋霜”，当他照着那散发曾经姣好青春香气的铜镜，看到已然苍老的容颜是轸恸而哭，还是泰然一笑，抑或是面无表情，惨然淡漠。或许早就料到有些遇见，有些记忆，有些轰轰烈烈，有些疼痛而无知的伤口，就会这样平淡地去了，了无痕迹。我无法直观地感受时间匆匆，只有静下来时聆听手表表针咔咔转动的声音，才真真切切地感受到发自内心那份无力的挽回，那种沧海一粟的悲哀。

我尽力不想用这种精炼且残酷的描述来定义那些逝去的岁月，因为岁月并不是那样的不近人情，在悠悠长河中你总能看到终有一些东西萦绕于心头。那些可爱可憎的人，那些温暖人心的事，那些怀记心中的恩恩怨怨是是非非，那些身体与灵魂触摸到的美好风景，甚至仅仅是那一杯你爱喝的茶、一只偶然落在你肩上的蝶，都如同湍急河流当中的磐石，即便被磨平棱角，仍在你心中留存着那一方天地。

我的心，也像一座城，深藏着我记忆中的人。他们时而沉睡，时而欢乐吵闹。你想要去寻，却发现他们消失得无影无踪，像月一样大多是不完满的，可偏偏就是这样的不完满，让我觉得在残酷的流逝中有他们的陪伴，得以有一丝丝慰藉。

最终，一生涓滴意念，侥幸汇成河，独自听冷风痴语，观云卷云舒。与众虽各在天涯，却岁月静好，阳光在世界流转着美艳的身姿，洒下暖心的金粉。我也会在夕阳西下时枕着腕、托着腮，在那里发呆，幻想谁也在此时此刻看着一隅美景，却是他乡别样？

我困惑于影视剧里定律似的完美的结局，可我们又怎么写关于流逝岁月的最后结局？等到时光荏苒、陵谷沧桑后，也终明了，那些结局，是在时光携带着无数浮沉不定的匆匆过往与那郁积的空洞的愁思勾销后，懂得了原来那些宅心仁厚的导演为何总是会在伤感处留下一个感人的尾巴。因为，在这个小尾巴上终会绽放出美丽的结局。它告诉我们：

总有一些东西就算时间再飞快地流逝，它还是会像金石玉器般氤氲着最初的美丽，即使它此刻暂时消失，也必定会在未来的某一时刻，以另一种形式，与你，不期而遇。请你不要失望，这疼痛的流逝，是为了洗涤渣滓，留下最美的平凡。

请相信，这岁月终将镌刻出动人的印记，不负你所有的期冀。

作者简介：戴一菲，就职于呼和浩特铁路局，90后文学爱好者，内蒙古诗词学会会员，巴彦淖尔诗词学会会员，作品在《内蒙古铁道报》发表数十次。

卞正奎家风故事

卢伟　卞正奎

据传卞姓起源于东晋，南宋时迁入，亦有九百多年。不少和“卞氏”相关的人名、地名留传至今，其中有“七印总督”卞宝第、施桥卞庄、江都卞庄、方巷卞庄、卞港，等等。2015年，卞国文化研究会卞元安会长主持扬州卞氏第一次和谱第四次会议在江都召开。

会议期间，我认识了高邮卞正奎老先生。卞老很重视家风传承并定下“一息尚存创新不止，一身手艺报效国家，一人从军全家光荣”的朴实家风。年已花甲的卞老精神气十足，更难能可贵的是卞老是个有家国情怀的人。

“一息尚存创新不止”描述了卞老三十岁前的真实经历。卞老出生在高邮的农村，由于家庭原因，只读过几年私塾就早早参加工作。起初在扬州商业机械制造厂做工，其天资聪慧，手艺超凡，十九岁那年已是该厂最高级别的技术工。喜爱发明的他利用业余时间为“三和酱品厂”设计出第一条半自动化包装流水线，该流水线替代原先人工包装线解放了七十名工人，极大地提高了生产效率。从此他的各种设备革新、工业设计、技术发明如同思想的洪水越过守旧堤坝般越发不可收拾：曾经主持春兰虎、春兰豹的样车设计，购买拉达汽车底盘等构建自己拼装面包车等。目前已成为美国标准协会会员的卞老，虽然大部分发明已处于失效专利，可仍拥有3项有效的发明、27项实用新型、70多项外观设计专利和两项企业标准（填补国内空白）。

“一身手艺报效国家”，以下三个故事刻画出卞老的“家国情怀”。

早在1998年，卞老在报纸上看到“百万子弟兵抗洪”，他看到子弟兵用人墙去堵管涌，为此许多子弟兵献出了宝贵的生命。当时他哭了，之后他一直在寻找堵管涌的办法，从宋代镇水的铁牛到清代钱塘江的丁字坝他都认真研究，熬了两天后，他终于累得睡着了，迷迷糊糊睡到深夜二点，起夜时不小心将装卫生纸的塑料袋丢入马桶，当他冲水时有个薄薄的片子在转动，不一会儿听到下水管似有异响。卞老用手抓住塑料片的边角，竟“堵”上了！卞老猛然惊醒——这就是“堵管涌”的好办法，他当即跑到客厅用座机打省防汛指挥办的电话，电话接通后，当对方得知他是告知一种“堵管涌”的方法（一端固定于坝体另一端利用大气压使阻水材料密贴水面，当管涌发生的瞬间利用涡流的吸力将管涌口堵住），接电话的人轻轻地说了句“谁呀”，就挂断了。之后不久，他发明的“堵管涌”的方法获得了国家专利。

自小在运河边长大的卞老对家乡水利设施有特殊的感情，他的家乡内河中常用的“充气坝”是利用气压形成一定强度的坝体阻水设施，但该坝体有一定的局限性，每年夏季内外河水位差较大时，“充气坝”由于刚度不够无法使用，于是卞他发明了一种既有一定刚度又方便架设的“帘式坝”，专用在内河防汛，帘式坝获得国家发明专利后，很快得到推广，尤其是在流速较低的内河管网中。

2018年，在电视上看到辽宁舰首航台湾海峡后，卞老念叨着，“台湾要回来啦!”看到报纸上说美、日等国军舰在中国台湾地区活动，卞老又发明了一种“防止舰船侧翻的方法”并获得国家发明专利。之后无偿提供给中国海军使用。

“一人从军全家光荣”讲的是卞老动员儿子放弃扬州中学保送名额毅然上军校的故事。卞老的儿子（卞大亮）曾在扬州中学读高中，由于在校期间成绩优秀获得保送南京某名牌大学的名额，结果一心想让儿子从军报效祖国的卞老却动员儿子去报考军校，最终儿子放弃保送名额去上军校，成长为一名优秀军官。

卞老的家风故事确实与平常人不同，又似有几分传奇，但背后却映射出老一辈“中国匠人”的爱国之心。在全球制造业低迷、中美贸易摩擦渐多的今天，无论是工业的未来，还是民族的复兴都需要更多像卞老这样有技术、会发明、有情怀、爱国家的“中国匠人”!

作者简介：卢伟，男，1978年生于江苏扬州，2000年毕业于扬州大学税务学院。发表作品多部，《环保斗士》获得江苏省环保厅颁发三等奖。

卞正奎，男，1956年生于江苏扬州，1995年获中国当代发明家荣誉称号；“一衣带水”不锈钢雕塑入选中日友好象征，雕塑小样被日本友人建馆收藏；1996年创办扬州正大造型技术研究所；2013年大型不锈钢雕塑“科技之翼”荣获中国环境艺术优秀奖；他荣获“江苏省诚信企业家”称号；公司荣获“环艺行业杰出贡献奖”荣誉证书。2015年其研发部门攻克黑臭水治理污泥资源化利用的难题，现已获得七项发明专利，其中两项为德国和美国专利。

清明寄哀思

廖道进

近日，朋友圈里有人说，过两天要回家扫墓，我这才意识到清明节要到了。我与母亲阴阳两隔已整整十三年。妈，这些年，您在那边过得还好吗？因为牵挂，总在梦里见到您那矮小的个子、微笑的脸庞、戴笠的身影。您依然是那样的仁慈，那样的让我放不下……

清明，一个凄怆冷清的词语，一个闻之断肠的节日，一个无法言语的意象。妈，我带着一份深深的思念来看您了。我静静地跪在您的墓前，抚摸着您的墓碑，凝视着您的神情。浓浓的愁绪，再也无法掩饰此刻悲恸的心情，思念的闸门被再一次狠狠地打开。

妈，您是一位值得我永远尊敬的好母亲。您把毕生的爱都无私地奉献给了我们！早年，家里生活贫困，为了让我们能稍微吃得好点儿，穿得好点儿，您省吃俭用；为了多挣些工分，您从不旷工；您白天干了一整天的活，晚上还要拖着腰酸背疼的身子，在昏暗的灯光下，给我们缝补衣服；您吃的是剩菜剩饭，穿的是破旧的衣服，即便有件新的，也舍不得穿，要留待正月。这样艰难的日子可不是一两天，而您从不叫苦，脸上总是写满了笑意！

呢喃着揪心的往事，诉说着未了的心愿，您的一生是劳累苦难、委屈的一生。一生中，幸福、开心的时光，总是离您那么远。我清楚地记得：您和我父亲两个人性格不合，经常吵闹，有时是因为家庭琐事。母亲！年幼的我，目睹你们俩无休止的争吵，看着您满脸委屈的泪水，我也难过得很。我因不能分担您的一点儿痛苦而内疚，而您给我的是足以回味一生的爱！

最难忘的是 1979 年。这年，父亲承包了队里的瓦窑厂。因种种原因，父亲找好的合作伙伴，临阵逃脱。无奈，只好让母亲您出来给他挑窑泥。当时，您很难接受。因为在那还不怎么开放的年代里，妇女去干男人的活，会遭人非议的。但为了生计，您毅然决然地担起了这份本不该您担的重担，开始了长达一年的窑厂生活。望着您瘦小的身躯，肩挑一百来斤重的窑泥，艰难地在田埂上慢慢挪动，我的心都要碎了！我恨不得用我稚嫩的手帮您抱几担过来；看着您用纤细的脚，深一脚，浅一脚地把大垛大垛的硬窑泥踩烂时，我的心又在流血。母亲，您真的好可怜！您是为了这个家，为了子女，才受如此大的苦！最后，留下一个“半男女”的雅号。母亲，您又很伟大，为我们树立了“走自己的路，让别人去说吧!”的榜样。

转眼间，您就到了花甲之年，劳累了一辈子，本该安享晚年。然而，您在2004年的清明前夕突然撒手人寰，永远地离我们而去。这是我不敢接受但又要必须直面的现实，这是我一生中都无法忘却的日子！这是我永远的痛！我常陷入深深的自责，愧对生我养我的母亲，没有尽到一个儿子应尽的孝道！

遗憾，在我心中永恒；内疚，在我心中蔓延；自责，让我无法释怀；泪水，一直将心湿透。千言万语道不尽我的思念之心，愧疚之情，更无法改变“树欲静而风不止，子欲孝而亲不待”的悲哀现实！就让春风送去我无限的哀思，带着一份挚爱的祈愿，泪眼婆娑，面向苍天，合掌祈祷，燃香祝愿：母亲在天国平安，幸福！若有来世，我们再做一对母子。我不会再给自己留遗憾！

作者简介：廖道进，男，福建省邵武市人。邵武市作协会员，作品曾入选《芙蓉国文汇》第八卷。《清明寄哀思》获第二届“中国青年作家杯”散文组二等奖；《踩窑泥的母亲》获第四届“中华情”全国诗歌散文联赛散文类金奖；《儿时乡村的年味》获全国首届新春主题文学大赛金奖；《家风传承》获“廉动全球——华人好家风”入围奖；《宜居小区，诗意生活》获邵武市“挖掘樵川文化，讲述通泰故事”征文比赛优秀奖。

菊赋

文/朱亚妮

春夏秋冬，独恋静美之秋；百花千草，偏喜淡泊之菊。菊为秋欣然怒放，秋因菊绚缦焕绮。常慕陶公，乐享闲逸，采菊之东篱；暗羡放翁，才华横溢，咏菊之瑰奇。纲目明日精之称，稽于东壁之鸿篇；炎汉录灵药之性，阅于兰台之青简。浮玉杯兮，清心明目；入五谷兮，益寿延年；充风枕兮，安神清脑；浴金汤兮，美容养颜；实乃草族之灵品也。诗曰五美：圆华高悬，准天极也；纯黄不杂，后土色也；早植晚发，君子德也；冒霜吐颖，象劲直也；杯中体轻，神仙食也。

秋阳杲杲，清风习习。天高云淡，风光旖旎。偷得半日清闲，信步踏秋赏菊。百亩花圃，一片生机，疏烟薄雾，氤氲迷离。远观繁花似锦，令人心旷神怡；近赏千姿百态，教人驻足痴迷。馥蕊融融，映暾日以炫目；渥采奕奕，濯珠露而莹剔。绽红泻绿，斗艳争奇；满目玲珑，花开次第。或娇或柔，或忧或喜；或醒或慵，或散或聚。窠窠流芳，株株生趣；朵朵含情，瓣瓣解意。稀之鸭绿兮，青翠欲滴；稠之鹅黄兮，娇艳无比。敬之深紫兮，雍雍穆穆；怜之浅粉兮，娇娇旳旳。惊之暗红兮，殷殷似血；叹之淡蓝兮，盈盈如洗。痴之洁白兮，温润如玉；迷之赭墨兮，浓艳至极。醉人心魂者多复色也，金背大红鸳鸯荷，粉底白斑梅花鹿；烟花初绽仙灵芝，匙瓣乱抱古龙须。赤线金珠情可寄，香山雏凤念无期；白鸥逐波缠绵续，紫龙卧雪相思题。可谓拣尽丹青，其色难绘；搜遍辞藻，其瑰不喻。噫！不入菊园，怎知秋色如许？秋之韵兮，触动心弦，丰盈思绪；菊之馡兮，染透青衣，情落素笔。

昔钟会有赋，何秋菊之可奇，独华茂乎凝霜。挺葳蕤于重阳，表壮观乎金商。延蔓蓊郁，缘坡被岗。缥干绿叶，青柯红芒。芳实离离，晖藻煌煌。微风扇动，照藻垂光。今日观夫菊也，惊叹不已，胸动点墨，再赋其芳。醉游花海，处处金钩钓客，闲赏叶潮，片片玉萼迎霜。莫非蕊珠宫女，九重仙降？又似三千佳丽，为君盛装。瑶台玉凤，斜倚篱旁，眉眼带笑，妩媚暗藏；残雪惊鸿，风姿绰约，楚楚动人，影绕回廊。清水旳闲，含情脉脉，独对秋风，轻诉离殇；胭脂点雪，冰清玉洁，羞赧浅露，探出花房。白玉珠帘，柔情绰态，凝香含露，美人初妆；羞女玄墨，恬静如斯，嫣然一笑，不张不扬。轻见千鸟，红杏山庄，窃窃私语，掩映朱窗；二乔泥金，兼六香黄，风情别样，仪态万方。绿水秋波，朱砂红霜，低吟浅唱，素心嗟仰。君子之花千古赞，一株已惹诗意长。黄巢为尔许青帝，文英为其提杜娘。好个清秋节，满城菊花香。墨客千篇颂，咏叹醉华章。

嗟夫！不与荷莲竞夏，不同桃李争春；不与松柏竞萃，不同兰桂争芳；不与藤萝竞蔓，不同萱草争茵；不与牡丹竞贵，不同玫瑰争珍。清华其外，淡泊其中，不慕繁华，独守坚贞，乃菊之品性也！不因时而改志，不因势而移情；不因名而屈节，不因利而逢迎；不因权而献媚，不因物而贪生。散馥广宇，根植山野；不求闻达，不为加封，菊之气节也！生于荒山而不怨，植于园圃而不妖；遭寒霜而不馁，沐风露而不凋；处天地之间而不避世，入君子之伍而不清高；受赞而不喜，饮誉而不骄，乃菊之风骨也。菊兮菊兮，不愧为秋之花魁也！

作者简介：朱亚妮，曾用笔名雨荷、脂玉。陕西富平人，爱好诗词、散文。中国青年作家学会主席团委员，理事。中国西部作家联盟文学平台主编。《数字诗》荣获首届“中国青年作家杯”全国征文大赛诗歌类一等奖，《菊赋》荣获第二届“中国青年作家杯”全国征文大赛散文类一等奖，并被评为“十佳青年作家”。作品散见于各种书刊和网络文学平台。

夏天的记忆

谢丹

图书馆内窗明几净，金色的阳光透过碧绿的爬山虎倾泻在橙黄色的桌面上，被微风吹起的书页的一角也浮动着金色的光芒。书页上光影婆娑，星星点点，微风吹动着树叶，随着树叶的摇曳，光影也跟着浮动。然后书页将光影珍藏，油墨的味道夹杂着阳光的味道从书页中溢了出来，仿佛书页中珍藏了整个明媚清新的夏天。

微风卷起书页，那感觉就像六月的风，清风徐来，吹起你薄衫的一角，你享受着来自夏季的馈赠，心中顿时无比澄澈。

小时候，我最喜欢夏天。可能是因为夏天可以穿五颜六色的花裙子，吃凉爽可口的冰淇淋，更可能只是单纯地喜欢着这个被绿色笼罩的季节。石头上湿润的青苔，叶面上缜密的脉络，香梨上覆盖的色彩，无一不是绿色的啊！

夏季昼长夜短。记忆中，有一次我为了看日出，凌晨四点钟就起了床。当然那时的我还对川端康成笔下的海棠花孤陋寡闻，也不懂得凌晨四点钟的独一无二，只是为了看日出而已。

拂晓时分，东方既白，金色的光芒从远方的地平线上慢慢显现，天幕中出现了两种颜色，头顶是深沉的蔚蓝色，而太阳升起的方向却是绚烂夺目的金色，我想伸手触碰，却发现那绚烂的颜色是如此可望而不可及，仿佛很近又仿佛很远。

小时候，我是和奶奶住在一起的。有一次，奶奶要去田里“挑苗子”。清晨时分，我随奶奶在第一缕阳光的照耀下来到了田野中，我学着奶奶弯下腰去挑苗子，用一根自制的竹签扎进覆盖着苗子的地膜中，然后用竹签把围绕着被地膜包裹着的嫩芽轻轻地一拨，苗子就从地膜中探出了头，我常常挑几个小时都乐不思蜀。

中午时分，阳光明媚，我喜欢躲在树荫下睡觉，喜欢婆娑的光影亲吻着脸颊的感觉。我安逸地躺在石头上，身上覆盖着衬衫，呆呆地望着蔚蓝的天空，偶有几只飞鸟和蝴蝶飞过，我伸出手想要去触碰，却发现它们离我太远太远。我闭上双眼，感受着从身下的石头上浸入皮肤的阵阵凉意，然后心情愉悦。后来才知道，大概此刻的心情正如《黄金时代》中萧红所言："这真是黄金时代，是属于我的黄金时代。"

我家的猫也是我夏天的记忆中不可缺少的一部分。它身上的毛是金黄色的，夏季的阳光特别调皮，经常会窜进它的毛发中和我捉迷藏，我找不到它，但总觉得它和金色的猫毛交织相容时显得格外熠熠生辉。它喜欢在地上打滚儿，于是我会经常拿着小叶子逗它或者轻轻吻着它的小鼻子，它身上的味道夹杂着阳光的气息，仿佛一种被烧焦的毛发味道，很特别！

还有一次啊！我和小伙伴去了一块广袤的草地，不说遍地绽放的野花，也不说生机勃勃的野草，单说无数飞舞着的蝴蝶就有无限趣味。我和小伙伴们愉快地奔跑着，大声地喊叫着，玩累了就躺在草地上休息。那天，天边残阳如血，余晖渐渐褪去，夜色悄悄地爬满了天边。

时光荏苒，白驹过隙，十几年过去了。我却没有了当年的心境，我再也没挑过苗子，再也没有在石头上睡午觉，我家的猫也离开了这个世界，在记忆中游走的那片美丽的草地也不复存在了。

雕刻着我姓名的那棵核桃树长大了，字迹随着风吹日晒也模糊不清了。妈妈说："你是和它一起长大的喔！它小的时候，你经常爬上去待一整天，现在，你们都长大了！"不知为何，我听到这些话总觉得格外悲凉！

我真的长大了吗？没错，你长大了。

全世界都在教你成为一个出色的大人，只有你记得你第一眼看到如墨的夜色中闪烁着繁星时的悸动。当周围许多同学都在讨论着以后结婚时的车子房子彩礼时，你却只想起了某一天的下午，那个被金色的余晖笼罩着的白衣少年。你只记得那一天，他眼眸的颜色和余晖的光芒如此相像，他插上耳机听歌的侧影和窗外漫天的红霞相互呼应，彼此交织，勾勒成了一幅绝美的画卷。后来，听说他辍学后过得不甚如意，眼神中写满了疲惫，少年气质自然是不复存在了。

正如《小王子》中说："所有的大人都曾经是小孩，虽然只有少数人记得。"如果我能回到过去，我会对那个天真无邪的小女孩说："抱歉啊！没长成你喜欢的模样，但我会成为一个出色的大人，也不会忘记你的初心和梦想！"

作者简介：谢丹，笔名六月绿篱，在校大学生，喜欢看着笔下的文字变成一个个灵动而唯美的故事，爱好一切真善美的东西。

我的教育梦

张元丽

“梦想”是一个美好的词语，谁都做过上天入地、移山倒海的梦，只不过在生活面前，很多人慢慢放弃了自己童年的梦想，而有些人朝着自己认定的方向，完成了曾坚持走过的路，成为想成为的人。

做一名教师并不是我的初衷。当年选择专业的时候我只想做个跑腿的小记者。可是命运这东西，你无法掌控，现在看来我很庆幸自己进入了教师这个行业。才做老师的时候，担心胜过兴奋，教书育人在我看来是很神圣的使命，孩子们透着好奇和渴望的目光，让我更坚定了做一名合格老师的信念。

我们所从事的这个职业本身就是一个巨大的梦想，为了无数孩子小小的梦想，我们小心呵护和浇灌它们成长。我一直觉得，最好的教育，不是撒手不管的静待花开，而是敏锐地捕捉到孩子的兴趣点，想尽办法让孩子在兴趣中找到满足感，调动他们的内在驱动力，将兴趣变为生活的一部分。教孩子们写作也是想他们能有个表达内心的地方，会写的孩子，内心一定是细腻的，懂得将情感文字化，更能读懂文章，理解作品。而有框架却读不到内心情感的作文，亦是孩子还在摸索的过程，毕竟仿写也是写作的一个学习基础，所以一点点指导，提升，总会有“拨开迷雾”的时候。

我很享受给孩子们修文字的过程，他们稚嫩的、充满创意的作文让我的心像坐过山车一样此起彼伏，也能让我读出生活点滴的感动。想想我的小学时代，那时候哪有正儿八经的作文课，就是老师说要多读书，培养语感，背范文，培养写作能力，结果小学不是走过来的，而是背过来的。

我一直称我们的作文班为作家班，是因为我的教育梦中还有个作家梦，既是我的，也是孩子们的。我希望孩子们爱惜自己每一次写作的文章，珍惜每一次写作的灵感和机会，像老舍先生一类的文人墨客珍视自己的作品。写作是一件简单的事，就是把生活的经历和细节写进自己的作文里。枯木也有逢春的时候，孩子们写作也似“久旱逢甘霖”。想写好文章，首先，你得用心观察。用心去看，去听，去想，才会有所思有所得。我们看到的文学作品大都是由作者的真实经历、或眼见耳闻之事改编。之所以好多孩子写不好，是因为作文看似简单，其中却藏着许多写人、写事、写景、写物、想象题材，命题、话题、材料形式，记叙文、议论文、说明文、书信文、散文、小说等体裁，要求。写作是说话，但说的话不是流水账，不是口语，而是精练的语言、动作、心理、神态、外貌描写的人物叙事句段，一种文学表达艺术。

我的教育梦，是想通过我的课堂，带给孩子们更多课外的语文知识，说通俗点儿，就好比一锅大杂烩，得先有丰富的食材为主料，再加配料，方成味道。简单点儿说就好比黑白照和彩照，有颜色的和没有颜色的不需要对比就知道哪个更好，所以，倘若不加基础的辅助，我断不能了解他们学的语文竟可以蹩脚到分不清韵母和声母，标点符号点到别人脑袋，譬如：b—d p—q ie—ei ui—iu 区分不了读音，气球的球（qiu）会写成 qiou；当然这只是一个问题，错字才是学生课本里“最好的朋友”，比如唉声叹气写成哀声叹气，炯炯有神的炯把火字旁写成了三点水，关怀备至写成了“倍”，暴露写成了“曝露”；再接再厉写成了“再接再励”，鸠占鹊巢写成“雀”，欢呼雀跃写成“鹊”，等等；再看看读音，果实累累（léi）都读成 lěi，气氛（fēn）都读成 fèn。这都只是皮毛，再看看句子，一个学生写妈妈的作文，开头写外貌“我的妈妈是一个辛勤的人，她那慈祥的脸上挂着一对慈祥的眼睛和一对浓浓的眉毛，长着不大不小的鼻子和不大不小的嘴巴，而且头上长着一头乌黑头发，脸的左右还有着两只顺风耳”，这是小学生普遍犯的错误，词语搭配不当。说到写妈妈的作文，我感受最深的是，让孩子们写一篇关于感恩母亲的作文，想不到的是 3—6 年级的学生三分之二的事例都写的“我在夜里突然发起了高烧，妈妈知道后心急如焚，于是她背上我匆匆赶往医院，这时外面下起了滂沱大雨，妈妈用伞或是用大衣遮住了我的身子，而她却被淋成了落汤鸡。到了医院，医生说要输液，于是妈妈整晚不眠不休地陪着我，我深受感动，我的妈妈真伟大啊，我爱我的妈妈！”我说：“原来你们都是在医院认识的。孩子们笑得前俯后仰。我却很受触动，在我身处的 20 世纪 90 年代就是这样的写作教学，而后再是如此培养，一代又一代的接班人，怎能有独立的想法和创新呢？

如果学生难以从课堂上获得道德和情感的东西，就会忘记了感恩，忘记了尊重。所以我们在传授专业知识的同时，应以自身的道德行为，言传身教，引导学生寻找自己生命的意义。教师存在的意义就是用耐心、爱、责任去呵护孩子们的童心，做他们人生路途上的“灯塔”。教师生涯中最难过的莫过于我们绘声绘色，声嘶力竭，孩子却囫囵吞枣，一知半解。父母爱非其道，放任自流。殊不知，这三个爱之链都缺一不可。读书是改变自己的另一途径，读好书，就像与善人居，如入芝兰之室，久而不闻其香，即与之化矣;读劣书，就像与不善人居，如入鲍鱼之肆，久而不闻其臭，亦与之化矣。身边有许多孩子喜欢读书，常常手不释卷，但我一直想，表达喜欢和读懂书有很大区别。所以一定要正确引导孩子，让他们在成长路途开出绚烂的“花”。

人品一定凌驾于分数之上。我真心地希望通过我们这个大群体的教育，能尽自己的绵薄之力，改变和影响身边的人。

校园是师生精神风貌、价值取向和行为规范的摇篮。无论是老师、家长抑或学子，每句话都应有暖人的温度，每个动作都应蕴含人文素养，做每一件事都应代表着善良和正义。做教育不仅是教书育人，还要传授知识，学会与人相处,升华自己的人生。

作者简介：张元丽，学倍优学校创始人，青年作家网签约作家，全国创新名校长，全民阅读指导师，ACI 国际心理咨询师，中华传统文化讲师，作文大赛优秀指导老师。注重培养学生习惯、自主学习、阅读、创新、观察及想象能力，让学生在轻松活泼的氛围中收获知识。

我的秘密花园

杨松

每个人的心里都有一座秘密花园，盛开在记忆深处。——题记

父亲母亲的花园

小时候，母亲在老房子的房前屋后种植了一个小花园。一条红砖铺就的甬道两旁，挤满了花，我常常沿着甬道走进去。七彩胭脂花、朱红鸡草花，金黄高粱菊味道刺鼻，花心上层层花瓣累积，鲜亮的黄色生机勃勃。

父亲养了一辈子花。无论是早先低矮的三间茅草屋，还是后来城里的楼房，我家的窗台上，常年都开着花。灯笼花美，花萼倒扣，犹如美人手上提着的小灯笼。绣球花美，一团手掌般大小的花球，无数鲜嫩的花朵挤挤挨挨地在一起。大红色的扶桑花，艳若晚霞。父亲站在阳台上摆弄花草，手上握着摘下来的枯叶子。这一幕在我心中凝固了，现在每当我得闲侍弄花草的时候，每当我也握着一手心枯叶的时候，我就想起父亲。父亲在世时照料的最后一片花田，在我家楼前那片空地上。别人家的那片空地，杂草丛生，野花野草肆意地生长着。而我家楼前的空地上，却是被八十四岁的父亲种满了各样的花。它们颜色缤纷，长得水灵灵的。我不知道这些花的名字，但记住了它们花开时的模样。这些花实在是开得太好了，引得路人停下脚步，与小花园合影。还记得那天，我拿着相机，拍了不少花的照片，然后还和父亲一起在花前合影。

行在路上会遇到花。这些花和这些遇见会让人有时空交错之感！九寨藏家的庭院里能够遇到自家院子里的花。公园小路上能够遇见故乡田野里的花。家门口的荷塘能够遇见苏州偶园的花。

每一朵花都是一种经历，一种跨越时空的找寻，背负了成长历程中的点点滴滴。我在那么多的色彩中选择。每一朵花我都极为认真地去给它选择画笔。那朵大些的花，它有层层叠叠的花瓣，我就用最艳丽的粉红色涂它最丰富的花瓣，然

后再选择金黄色给它镶嵌一条边际线。因为我记忆里的花，特别是开在阳光下的花，都有金色阳光的韵。而且，无论是做一朵花，还是做一个平凡的人，我们都置身于阳光之下。明亮、真实、丰沛，有阳光般的光泽。这是生命的光泽。为此，我们就必须拒绝阴暗、狭隘、冷漠。世界是七彩的，花也是七彩的。蓝色的花朵虽然有些梦幻，可它看上去却是那么的安静，不争不夺，花开娴静。还有紫色，那几乎是自己最喜欢的颜色。我涂在星星样的花上，与相邻处一大朵同样是紫色的小花彼此呼应，犹如海洋与星星。还有那些绿色的叶片，黄绿充满生机，是春来“绝胜烟柳”的颜色，碧绿的叶子是荷叶的颜色，荷塘此时离我不足五百米，我想象着月夜里静若处子的那些荷叶，翠绿如碧，荷香阵阵。生命里的这一季花开，比往年不知茂盛了多少。一只小虫子，必然是褐色的。小小的模样，置身花丛之中，娇憨可爱。

神秘的葡萄藤

线描硕大的葡萄叶片、斑驳的木屋、挂满枝头的果子、飞舞的蝴蝶、丰收的南瓜、一串串的葡萄……在这幅不是很大的画上，设计者似乎把所有对田园最虔诚的向往都在线的纵横交织中汇集了。当我端坐在小木桌前，准备给它们涂抹上颜色的时候，我仿佛抬起脚，迈过岁月的门槛，走进了故乡盛夏的花丛。

我是从栅栏顶上那片茂盛的葡萄开始的。那叶片是那么硕大。人是很奇怪的动物，田园、葡萄藤、自然而然的一切，在老家的生活里是极为平常的，而那时候，置身乡村的我们却羡慕着在城里住着六七十平方米楼房的亲戚，觉得住在城里小楼的日子才是好日子。而现在，当住小楼早已成为平常不过的事情之后，我们又开始羡慕起田园来。一小块土地，也要种花、栽树、黄瓜豆角地耕种。也许，土地对于我们就是根。一锄一铲、浇水施肥之间，一种回归天然的劳作，一种亲手耕作的自足。植入泥土的种子、破土发芽、开花结果。而在这个过程中，人对于天地万物的敬畏之心也跟着回归了。我记忆中的葡萄藤蔓叶子老绿。葡萄从开始结籽开始，我就盯着它。它先是一小串绿色的、再然后一点点就变成一大串黑紫的。味道也从酸涩一点点地变为甘甜。

七夕之夜，八岁的我蹲在葡萄藤下。母亲说，这一天，躲在葡萄架下能听到牛郎织女的悄悄话。因为，牛郎织女被天河阻隔着，只有到了七夕这天，无数的喜鹊会搭起鹊桥，牛郎织女就能见到了。在老家安静的夜空下，我无处次地望着天际银河。老家的天空繁星无数，明亮、闪烁。银河闪耀在暗蓝色的天幕上，由无数星星点亮的光带，蜿蜒在夜空。而七夕之夜躲在葡萄架下的我，却不曾听到牛郎织女的悄悄话，只有微风吹动叶片的声音，沙沙沙沙。黑紫色的桑葚极为甜腻。老房子下面有一棵桑葚树，想吃到不容易，要爬到树半腰才行。我一向都不灵活，爬树这活儿，行动敏捷的秀教了我好几回，圈腿、抱住树干、用力向上，她灵巧地示范给我，我就是学不会。所以，我掌心里还有阳光热度的桑葚都是伙伴们摘下来的。一个木屋，斑驳的记忆，它仿佛是有魔力的，一个可以穿越时空的魔法之门。我穿越了，来到园子里的地震房！地震那年，是由十六岁的大哥一手搭建的。木头的框架，稻草的屋顶。屋里堆满了杂物，可它却是一个完整的屋子。有时候我会钻进去不出来，拿上一本小人儿书，半天半天地看。房顶上，那棵大杏树，挂满金黄的果，微微摇动着枝丫，高大、丰盈，酸甜多汁，颜色杏黄。一小车金黄的南瓜、一筐筐的果。

大自然是最为公平、最有良心的。它不会背信弃义，一切耕耘、流过的汗水，都会以丰盈饱满的果实回馈于你。没有一片叶子是相同的，所以，在那棵梦醒的小树上，叶子都是颜色各异的。紫色、绿色、粉色、橙色、红色……一只蝴蝶，舞动着美丽的翅膀。几片老叶，绿得苍翠，这样的绿色，就在窗外的世界。暗夜里，我听到微风拂过去。树叶摇晃着，沙沙沙……

老姨家的水井

一口水井，藏身于秘密花园鲜美的花草中。老姨家的葡萄藤蔓下，有一口水井。村里人家做饭烧菜的水，就是从那口水井里一扁担一扁担地挑来的，井水甘甜清冽。做饭用它，煮出来的饭香。打水的水桶，底部有活动铁皮，用一根麻绳拴着，大人们利落地把铁皮桶放进水井里，只听一声脆响，铁皮桶底部活动的铁皮遇到压力瞬间就被掀开了，井水就灌进了水桶了，只需几秒钟的功夫，一桶水就满满的了，打水的人就用力拎着绳子往上拽，一桶水满满当当地就被提上来了！我那会儿总想不明白，为什么底下明明是活动铁皮的，怎么水就不流出去呢！现在才明白，原来是水的压力又稳稳地压住了铁皮，所以才能让水一桶桶地打上来。这其中的智慧真是了不起呢！

老姨家的那口水井，很美。一点儿也不比我的“秘密花园”里这口水井逊色。老姨家的水井在小院子葡萄架下。老姨和我母亲是表姐妹，这是前几天才从母亲的闲聊中知道的。一直以为，老姨就是老街坊邻居，村子里的人大多都是和母亲一个姓氏，扯起来难免都沾亲带故的。前几天谈起老姨，才知道原来老姨和母亲竟然是不远的亲戚。“我和你老姨啊，我们的姥爷是亲兄弟。”母亲笑着说。我一掐手指，我的天，那不就是我大哥和我二哥俩人外孙女们之间的姐妹关系嘛！一点儿都不远啊！末了，我们又不禁啧啧赞叹，瞧瞧人家姐妹，一个个都那么人精！在村子里，我妈被称为老杨，因为我妈嫁给了姓杨的我爸。老姨被称为老李，当然是因为老姨父姓李啦！老杨和老李这俩姐妹当年可是村子里女性里的佼佼者。聪慧、漂亮、明事理、凡事都往好处做。老杨和老李都有一头浓密乌黑的发，白皙透亮的脸，苗条的身段，更重要的是，都有缜密的心思，言语中从不失身份。

老姨家离我们家不远，我们都喜欢去老姨家串门。一走进老姨家的大门，就走进了一个洋溢着浓浓爱意的世界。老姨啥时候都是微微上扬的嘴角，带着笑，凡事总是含而不露。我那会儿和老姨的老闺女小开是玩伴，推算起来，我和她也是姐妹呢！那会儿一起玩的玩伴，多年之后见了，竟然生疏得不曾认识了。听蕾讲，小开当年结婚的时候，轰动了整个乡镇。小开嫁了特别富庶的人家，是被八抬大轿吹吹打打地娶过门的。我们那会儿一起玩，一根红色毛线绳，翻来覆去变换花样。老姨手巧，踩踏缝纫机，做的衣服合体漂亮。我初中时的第一套湛蓝的校服就是老姨帮我做的。老姨用白色皮尺给我量尺寸，一边量着，一边还慢声细语地说话，老姨在我眼里就是一个知识女性了，是村子里那些蓬头垢面、破马张飞的婆姨比不了的。那会儿还不知道“女神”这个词，现在一想起来，老姨可不就是女神嘛！

老姨给我裁剪的衣服特别合体，我记得老姨特意给我收了腰，衬得十四岁的我简直就成了一朵美丽的小花。我穿着老姨做的校服，梳着二姐为我编的辫子。那麻花辫子被二姐梳得特别好看，辫根起点就高了些，又是紧紧的，光溜溜的一点儿毛刺都没有，又卷起来被米黄色的蝴蝶结勒起来，好看极了。我就这么走在农场运动会的开幕式上！我是护旗手，我们四个女生扯着通红的五星红旗，走在开幕典礼大队伍的最前面。当时由我在中学当物理老师的大哥负责解说，他对着话筒声音高昂地说，看，我们的护旗队走过来了！这时候任我小学校长的父亲站在史家小学的方阵里，笑着看着我从他面前走过。

老姨家的井水特别清凉。老姨常把瓜果放在井下镇着，我想象着那香甜清凉的味道。水井边上开满了老姨夫种的花，那些花儿都是那样缤纷，一点儿也不比这花园逊色，只能说比较起来，这里的花于真实的开在故乡的花还差了很远。但这线描的样子我是喜欢的。我拿笔勾线，一根线下来，花叶、花朵的神态就出来了。暗红色的花儿，在纸面上安静地开。蓝色娴静、橙色热烈、紫色典雅，一朵朵花儿，在绿叶之间，如梦似幻地匍匐于大地之上。褐色的泥土温暖、包容。这些花儿都是洒脱自由的，虽然微小，却是不寻常的，她们明快、有着直面世界的果敢，她们一点儿都不隐晦，都是极为可爱、美丽的。

作者简介：杨松，辽宁省作协会员，青年作家网签约作家。现工作于兵器华锦集团。曾做过化验员、团干部、党群处长。作品发表在中国作家网等网络平台及报刊，作品多次入选《中国网络文学年选》。散文《母亲的柳绿桃红》荣获第二届中外散文诗歌邀请赛一等奖。

小说世界

汽水粉夏天

鲍立峰

1

“钢子这家伙又偷偷给何敏娜送汽水了！”

李浩听到这个消息时，正在大厂的工人文化宫旁边小人书摊上看连环画《苗庄血战》。

大厂的全称是大厂工业区，是几百个三线工业城中较小的一个。一根根粗黑的烟囱和一片片红厂房耸立在田野中，突兀又暴力。

一条自北向南笔直的马路是大厂的中轴线，马路的路面随地势高低起伏，夹道的法国梧桐两个人才能合抱过来。夏天，树荫把整条马路遮成绿色隧道。

马路东边是工厂区，电机厂、齿轮厂、钢铁厂、无线电厂一个接一个地有十多家。

西边是宿舍区，红砖赤瓦筒子楼，一幢接一幢，整整齐齐排列，一模一样，唯一不同的是每幢的楼号数字。

筒子楼里面，所有的房子格局都一样，前面是厨房、卫生间，后面是卧室。一家的厨房里做红烧肉，整幢楼的孩子们都能闻到肉香流口水。

沿马路这条中轴线向北走到尽头就是工人文化宫。文化宫前的小书摊，是刚放暑假大厂子弟学校的孩子们最喜欢的去处，花二分钱可以看一本连环画。

消息和秘密每天在这里交换加工传递。

在大厂工业区的十几个厂子里，钢铁厂是老大。厂区大，工人多，劳保用品发的多，连食堂和浴室都是别的厂的几倍大。在大厂子弟学校里，家长是钢铁厂的孩子最牛。

钢子的大名叫马双钢，和李浩是一个班的同学。因为他的父母都在钢铁厂，所以起名字双钢。

马双钢一向看不上别的厂的孩子，李浩爸爸在无线电厂上班，两人是死对头。

钢铁厂的汽水是大厂少年们夏天的爱和恨。

每到六月份，为了给炼钢工人补充体力，钢铁厂冰室开始做汽水，有盐汽水和甜汽水两种。甜汽水口味有两种，菠萝味和橙子味。

冰室做好的汽水接入高炉炼钢车间自来水管，炼钢工人们渴了就拧开水龙头敞开喝。

其他车间的职工虽然不能敞开了喝，但每人每天定额发三瓶汽水，深绿色瓶子，贴菠萝或橙子图案标签。钢厂里有孩子的职工舍不得喝完，带回去给孩子。

其他厂不做汽水，只给职工发几张汽水票，想喝汽水凭票到钢铁厂小卖部买。

有几个孩子的家庭里，几张汽水票分下来，一个人一夏天只能喝到一瓶汽水。

在夏天，钢铁厂的孩子每天上学都可以自豪地带上一瓶汽水坐在父亲或母亲自行车的大梁上嘚瑟，这让其他厂的孩子羡慕不已。

马双钢每天带汽水来学校显摆，想喝到他的汽水，男生们得用玻璃球邮票什么的交换。

为这，李浩他们其他厂的孩子和马双钢打过架。

何敏娜转来大厂子弟学校后，情形有了变化。

何敏娜一家是上海人，大厂工业区建了无线电厂后，没有技术员，她的父母调来无线电厂当工程师，她们家也在无线电厂宿舍楼，和李浩家同楼不同楼道。

何敏娜有个姐姐，在大厂技校上学，每到周末，学校不上课，何敏娜的姐姐坐厂车回家。

厂车上，只要何敏娜的姐姐在，男青工们就都变成了另外一个人，不再高声喧哗、脏话连篇，上车、过道，变得有礼貌多了。

厂车在她家住的那幢楼下停下，大家都争着抢着帮她拎包拿行李。对于那些献殷勤的男青工，她也只是客客气气地说谢谢。

何敏娜的姐姐除了陪妈妈上街买菜，平时不出门，常在家拉手风琴。

何敏娜长得像她姐姐。

自从何敏娜转来，班上的女生们都觉得自己简直不值一提，男生们个个争先恐后给何敏娜献殷勤。

何敏娜对每一位同学都保持有分寸的礼貌。

原来在学校趾高气扬的马双钢也低声下气地送汽水给何敏娜，把绿色玻璃汽水瓶擦得闪闪发亮。

何敏娜不要，说自己对汽水味过敏。

带来马双钢又给何敏娜送汽水这个消息的是李浩的一个同学，他爸爸也是无线电厂的，他家那幢楼在李浩家那幢的旁边。

顾不了游击队员们的死活了，李浩放下看了一半的连环画。小书摊上的其他人也竖起耳朵，都想听一听事情的来龙去脉。

“刚才，我出了门，先到浩子你家找你，说你不在家。”他看了一眼李浩。

李浩点点头：“今天我出来得早。”

“从浩子家出来下楼时，突然发现有个熟悉的身影一闪，神神秘秘地进了何敏娜家那层楼，身上揣着什么东西。”

“过了一会儿，那家伙下了楼飞奔而去，我追出来一看，马双钢！”

“这家伙鬼头鬼脑，是不是跑到何敏娜家想干什么的呢？”

“过去一看，发现何敏娜家窗台上多了两瓶汽水。马双钢是偷偷跑来给何敏娜送汽水的！”

小人书摊上，大伙儿议论纷纷。

前者马双钢送汽水讨好何敏娜碰了一鼻子灰，这事儿在大厂子弟学校成了个笑话，看来他仍然贼心不死。

“脸皮厚不要脸，也不瞧瞧自己什么货，人家从大城市来的能看得上你这个？”说这话的是个女孩。

“光脸皮厚可不行，谁让钢子的爸妈都在钢铁厂上班呢，人家可以白喝汽水，白拿白送。”

“你钢子是钢铁厂的，能喝不要钱的汽水咱认了，可你不该到处显摆，寒碜别人。”

钢铁厂的也对马双钢有意见：

“到处吹和女生亲嘴，把咱们钢铁厂的名声都给坏了！”

李浩很不屑地说：“这家伙就是个癞蛤蟆。”

“浩子，你敢揍钢子，大伙儿佩服你。不过，有的事儿是已经被安排好了的，你气不过也没用。像汽水这事吧，难道你自己做不成？”

“做就做，别人能做的我也能做，我不信做不出来！”

小书摊一下静下来。

“我说到做到，汽水做出来了，大伙儿到我家随便喝，想喝多少喝多少！”

2

做汽水这事说着容易做起来难，李浩有点儿后悔。后悔也没用，现在所有人都知道他要自己做汽水。

马双钢对此嗤之以鼻，放出话来，如果李浩做出汽水，他就在学校门口爬给大家看。

理了理头绪，李浩觉着想要做出汽水来首先还得弄清楚汽水里的成分是什么。

他突然想起来在文化宫阅览室有一本《我们爱科学》杂志，他曾经翻过的，里面全是讲这方面知识的。如果从杂志里面找一找，说不定能有所发现呢。

他翻出家里的一张阅览证，是爸爸的。

一出门，他就碰见何敏娜，扎着马尾辫，白衬衫蓝工装裤，蹲在一棵白杨树下看着地上的什么，

听说这个暑假她们全家要回一趟上海，这几天在收拾东西。

李浩走过去问她在看什么。

“两群蚂蚁在打架呢!”

李浩也蹲下看。

杨树下原来一直有个蚂蚁窝，是掘穴蚁。这些小邻居们搬死虫子，挖洞，放养蚜虫，一刻不停。

这棵杨树上蚜虫特别多，勾得别的蚁群经常想来占地盘，它们会拼死战斗。

这次想要侵占掘穴蚁巢穴是一群玉米毛蚁。

玉米毛蚁虽然单兵攻击力较弱，但它们采取大兵团作战凶猛攻击。掘穴蚁无法正面和玉米毛蚁抗衡，只得采取稳固防守的策略。

大部分掘穴蚁退入洞中，只留下几只在入口处列成环形队形，张开上颚进行防御。

“掘穴蚁要坚持不住了!”何敏娜很担心。

李浩安慰她：“别着急，它们有办法的。”

果然，玉米毛蚁虽然数量多，但单对单的话没有掘穴蚁力气大，不能把堵着洞口的卫兵拖出来杀死。

掘穴蚁却不时地把一两只试图进攻靠得太近的玉米毛蚁拖到洞里消灭。因此，玉米毛蚁不敢擅自行动，战场形成僵持的局面。

“快看!”何敏娜突然指着白杨树的树干叫出声。

原来白杨树上还有一窝树栖蚁也被惊动了，它们密密麻麻排成队列从上而下从后面攻击玉米毛蚁，有一些甚至直接从树干上跳下像伞兵一样滑翔着落入玉米毛蚁的队形中。

掘穴蚁也纷纷从巢穴中冲出发动反击。在前后夹击下，玉米毛蚁的队形发生混乱，纷纷从白杨树下退去。

两人都松了口气。

“我得回去了，我出来打酱油的，时间长了不回去妈妈会着急的。”何敏娜站起身。

“再过几天，我们一家要回上海，过完暑假我才回来。”何敏娜说。

“噢。”李浩应着，有些不好意思，做汽水的事她应该也听说了。

“汽水做好了，别忘了给我一点儿带着在火车上喝。”

“我喜欢橙子味的！”何敏娜边说边跑进楼道，马尾辫在身后一晃一晃的。

文化宫阅览室里的人不多，《我们爱科学》一月一期，书架上有两本最近两个月的。

阅览室管理员是个和气的老太太，李浩请她把往期的也找出来，总共几十本。

李浩按时间顺序，从前向后一本接一本仔细翻看。

大半个下午过去了。

“找到了！”李浩兴奋地叫出了声，打破了阅览室的安静，看报纸杂志的人惊讶地向这边看过来。

李浩不好意思地吐了吐舌头，他刚才在一本杂志中一篇名为《生活中的化学》的文章里看到其中有一句：

“用蔗糖和小苏打与蒸馏水混合可以做出味道可口的汽水。”

“小苏打不就是碳酸氢钠嘛，化学课上讲过的，我们还用它做过实验。”李浩想起来了。

他眼前一亮，有了主意：现在正放暑假，学校里没什么人，可以悄悄溜进化学实验室配好汽水后再带出来。

李浩进校门时，手里抱着哥哥的篮球，身上背着军用水壶，表情尽量显得很自然。

整个校园静悄悄的，传达室里只有门卫老吴头一个人在。

据说老吴头当年是大厂子弟中学的校长，单身一个人没有家人，退休后哪儿也不愿去，收留了一条狗，一人一狗就住在传达室，义务给学校看大门。

狗是黑色的，很瘦很小，对外人凶，一见到要进校门的陌生人就拼命地叫，对学校里的老师和学生们很友善。

李浩平时喜欢逗它玩，经常掰开狗的嘴喂它吃的喝的。

狗不在，传达室里只有老吴头一个人，他从窗子里看了看李浩，没说什么。暑假里每天都会有像这样的男孩子来学校篮球场打球。

离开老吴头的视线后，李浩迅速溜进空无一人的教学楼。

化学实验室的门锁着，从外面推不开，这难不倒他，李浩轻手轻脚地弄开窗户翻进去。

几排橱子里放着大大小小各种药剂瓶和容器，每个上面贴有标签写明其中是什么。

碳酸氢钠放在一个深色大瓶子里，蔗糖也被找到了，还有一大瓶蒸馏水。操作台上，烧杯、量筒、药匙摆得整整齐齐，简直就是专门为他准备的。

李浩这时才想起来，虽然他知道汽水的成分是碳酸氢钠和蔗糖，但它们和水按多少比例混合还没弄清楚。

顾不了许多，先试试看吧，他把蔗糖和苏打粉各加了几药匙在一个大烧杯里，再倒满水搅拌。

慢慢地，它们全溶解了，气泡不断冒出来。

“成了！”李浩高兴地跳了起来，这就准备装到水壶里带走。

“不知行不行，喝了会不会出问题？”李浩心里又有点儿担心。

“咯吱”一声，虚掩的门被轻轻地推开一条缝，把他吓了一大跳。

从门缝外伸进一个小黑脑袋，老吴头的狗！

李浩有了主意，向狗轻轻招手，呼唤它过来。

狗过来亲热地蹭他的腿，李浩友好地抚摸它的脑袋。

“别乱动噢，张开嘴，给你点儿好喝的。”李浩一手捋着黑狗脖子上的毛，另一只手端起盛着满满的、刚做好汽水的烧杯。

李浩慢慢掰开狗的嘴，他经常这样给它好吃的或者喂水喝，所以狗顺从地张开嘴……

晚上，李浩一家正在吃晚饭。

“今天出了件怪事，”爸爸咽下嚼着的一口馒头，一边说：“二子学校传达室老吴头的狗，不知道吃了什么，一直吐白沫，活活吐死了。”

3

“浩子，今天跟我去派出所玩吧。”

一大早，哥哥把赖在床上的李浩拍醒。

“你不是早就想看我们所里那支手枪的嘛。”

李浩的哥哥是大厂派出所的警察，派出所有一支手枪，所长用的，平时锁在柜子里。哥哥负责定期给手枪上油保养，有柜子的钥匙。

李浩早就想去看那支枪了，提了多少次他哥一直没答应。今天哥哥主动提起这事，如果是往常，李浩早从床上蹿起来了。

不过最近李浩有点儿烦，前几天溜进学校的化学实验室做汽水，在水里放的小苏打太多，活活把传达室老吴头的狗喝死了。

何敏娜回上海的日子一天天临近，再去一次学校实验室做做看吧，又怕在校门口传达室碰见老吴头，毕竟自己把老头当儿子一样的狗给喝死了。

枪对一个男孩的诱惑无法抗拒，李浩还是坐到哥哥的二八自行车后座上了。

在派出所，哥哥找出一串钥匙，用其中一把小心翼翼地打开一个铁柜取出手枪，一颗一颗退掉弹匣里的子弹，才把枪递给李浩。

“苏联的红星手枪，五九式就照着它造的。”

枪柄上有一个五角星，枪管黝黑，往里面看，膛线已经磨平了。

李浩有点儿疑惑：“膛线都磨没了，能打着吗？”

“一把老枪，远了打不准，近了没问题，所长用它打死过一条疯狗。”

李浩拉枪栓瞄准星扣扳机摆弄了好一会儿这把退掉子弹的老枪，自己那把火药枪和这真枪一比真想扔掉。

哥哥笑眯眯地坐在旁边看，显得很有耐心。

这可不是自己那个熟悉的哥哥，李浩警觉地问：“哥，你一定有什么事要我帮忙吧？

“有点儿小事。”哥哥讨好地笑着拉开抽屉，更加小心翼翼地取出一个小盒放在桌上。

李浩打开盒子，里面是一把小巧精致的口琴，子弹壳做的，闪闪发亮。

“何敏娜是你同学吧，听说过几天她们全家要回上海过暑假。这是我做的一把口琴，你帮我带给何敏娜的姐姐。”

出了派出所，李浩边走边琢磨，使劲儿踢人行道上的小石子。

等会儿到何敏娜家肯定要碰到她，答应要做出汽水给她回上海在火车上喝的，到时候该说什么呢？

“浩子！”

突然听到一声清脆的喊声叫他名字。

在马路对面，一个结实健壮穿着蓝色工作服的青年女工摆手示意他过去。

马娟，马双钢的姐姐。

马娟和李浩的哥哥从小学到中学一直是同班同学，中学毕业后在钢铁厂浴室卖澡票。

马娟一直喜欢李浩的哥哥。

马娟亲热地摸摸李浩的脑门，“臭小子，听钢子说你最近忙活着做汽水，还把学校看门老吴头的狗给喝死了。”

马娟看他的目光中有些揶揄，还带着赞许。

“你比你哥强，敢想敢干。要说咱钢厂的汽水怎么做出来的我最清楚了。做汽水的冰室就在澡堂子旁边，他们忙的时候我经常去帮忙。”

李浩突然有了个主意。

“娟姐，”李浩努力使表情看起来自然一些，“我刚从派出所我哥那里来。”

马娟眼睛里有什么东西闪了一下，喃喃地带着些许怨恨地说道：“你哥这家伙，最近也不知道死哪儿去了，那上海小妞可把他迷得不轻。”

“他让我把这个带给你。”李浩从口袋里掏出那只铜弹壳做的小口琴。

马娟接口琴的手在发抖，说：“你哥这家伙，这么多年也没见他送东西给我！”

“我哥他自己做的。”

“好弟弟，姐要怎么谢你才好啊！”马娟一把搂住李浩的脖子。

“马双钢才是你弟弟。”李浩心里想，嘴上却应道：“姐，跟我说说你们钢铁厂汽水是怎么做的呗。”

马娟顿了一下，一脸神秘地说：“告诉你一个秘密，钢铁厂的汽水好喝，诀窍都在汽水粉里的香料。”

“你知道北冰洋汽水吧？大城市的人都喝它，我们厂用的就是这家汽水厂的汽水粉。其实不同牌子汽水的主要成分都一样，好不好喝就在加的那一点点儿香料上。”

“北冰洋汽水配方还是一百多年前英国工程师建这个汽水厂时用的。人家汽水厂只肯卖给咱钢铁厂调好的汽水粉，根本不告诉你配方。”

有了汽水粉，剩下的事就好办了。在钢铁厂的冰室，只要把汽水粉和水按比例兑出来就行了。钢铁厂的汽水能兑出两种口味，菠萝味和橘子味。

兑好的汽水加冰接上通向炼钢车间的自来水管，炼钢车间的工人可以拧开水龙头随时喝。这种是咸汽水，专给炼厂工人喝的，里面加了盐给工人补充体力。

钢铁厂其他部门职工发的瓶装汽水，是甜的，里面加了糖。发剩下的放在厂门口的小卖部卖。

“你不是想自己做汽水吗，别费那个事了。”马娟帮人帮到底的样子。

“今天下班我给你带点儿汽水粉，两种口味都拿点儿，还有冰块。你把汽水粉往白开水里一兑就成，不要兑太多，一起泡就够了。也不要用自来水，自来水里漂白粉的味会串的。到时候你在钢厂大门旁边的小卖部等我，把你家保温瓶带着来装冰。”

汽水做出来那天，来了很多人，李浩把盛满做好的汽水的盆和桶搬到天台上。

大伙儿敞开了喝，喝光了所有的汽水，每一个人都撑得站不起来，横七竖八地躺在天台上不动弹。

李浩站在天台边，使出全身力气喊：

“这才是夏天！”

何敏娜没来，她正坐在回上海的火车上，旁边一只绿色军用水壶，装着满满的汽水，橘子味的。

作者简介：鲍立峰，江苏淮安人，青年作家网签约作家，先后就读于扬州师范学院和东南大学，现为高校教师。

错位

雷雨

丁小强出席共青团中央第十八次全国代表大会后，路过省城赶回家看望父母。这是他两年选调生涯中，第一次回家看望父母，虽然上次他参加了共青团省委第十七次代表大会，但会议上午闭幕，下午代表们就登上了去福州学习的动车，没有回家探望父母的机会。这次虽然有时间回家，可是久违的父亲并不在家，已调任战区司令部工作，他只和仍在陆军医院工作的母亲团聚半天，然后去师大看望康乃馨。

高挑美艳的康乃馨从一辆蓝色保时捷轿车下来，长发、墨镜、超短裙、高跟鞋、小坤包。丁小强迎上去问，你来了？

康乃馨头也不回地向前走着，因为前面有个花园，花园里秋千、吊床、凳子、椅子什么都有，是他们过去经常光顾的地方。

他们选择一棵高大挺拔的梧桐树，坐在一把杉木长椅上，生疏得似乎没有一句话说。倒是丁小强首先开口问，大学要毕业了，是考研还是就业？

康乃馨翘着修长的大白腿，而今这世道，只有猪脑壳才拼命读书，依然是“会学的不如会做的，会做的不如会说的，会说的不如会嫁的”，女人只要嫁得好，一切都好了。

丁小强觉得一股冷水从背脊上流过，连手脚都冰凉得发抖。但他依然稳重地说，年轻人是国家和民族的希望，应该有理想、有抱负，承担起国家、民族和社会的重任，不能什么事情只想着自己。

康乃馨摘下墨镜大笑说，真是痴人说梦、异想天开。我们都是一只小小的蚂蚁、微弱的飞蛾，能有多大的力量和智慧，承担国家、民族和社会的责任？

丁小强成熟地说，也许我们个人的力量有限，但是只要所有青年聚集起来，就一定会形成波涛汹涌的汪洋大海，不要说改变国家和民族，就是改变世界和宇宙也是可行之事。宇宙探月、深海潜水，不是都实现了吗？土家人常说“男人最怕不立志，女人最怕不做事”，有志者事竟成，做事者业必就，关键在一个初心不变、恒心永远。

康乃馨尖嘴尖舌地说，丁小强，怎么开口闭口就是你的土家人呢？土家人贫穷落后、愚昧无知、长相丑陋、鼠目寸光，有什么值得夸耀的呢？过去叫什么呢，土蛮子、巴蛮子、野蛮子、板凳蛮子；现在叫什么呢，贫困户、低保户、五保户、无依无靠的鳏寡户。

丁小强气愤地说，康乃馨，你可以侮辱我丁小强，绝不能侮辱勤劳善良的土家人。要是再这样说话，我们路归路、桥归桥，立刻分手算了。

康乃馨冷笑说，你以为我们还没有分手吗？情爱早就错位，你爱的是满身泥土的村民，我爱的是灯红酒绿的都市。自己也不找个镜子照照，都成什么样子了，黑不溜秋、酸不溜秋、傻不溜秋，还是当年的白马王子、高干子弟丁小强吗？

丁小强历经了乡村岁月的艰苦磨难，特别感染了土家人几十年、几百年，甚至几千年来在苦海中积淀的忍辱负重、坚忍不屈精神，让他深深懂得了做人做事的基本道理。所以他不急不躁地说，岁月可以改变一个人的相貌音质，却永远改变不了一个人的修养品质；历史可以吞噬一个民族的存在，却永远消亡不了一个民族留存的灵魂。

康乃馨讥笑说，一天到晚和贫穷的百姓打交道，有用有利吗？有赚资吗？你看看，我这坤包多少钱？38888 元。你再看看我的短裙多少钱？19999 元。你还看看我那小车多少钱？277 万元。你那些苦难的土家姐妹用得起吗？

丁小强早就听同学说过，康乃馨已经很时尚了，傍了一个房地产大款，不仅全身名牌、出入高档场所，而且还被金屋藏娇、夜夜不归。但是，丁小强不想理论这个，因为人各有志、人各有格，人各有追求。康乃馨想离开自己，过上梦想的生活，也是可以理解的。不过，他们毕竟相识两三年，曾经也有过深爱的浪漫日子，做不了恩爱夫妻，也是知心朋友，丁小强不得不提醒她说，物质生活再优厚，如果精神生活贫乏了，一样痛苦不堪，或者生不如死。一个人无论如何应该留存一点儿信仰，追求一种境界，那就是奉献人民群众、奉献美好社会、奉献我们伟大祖国。

康乃馨摸摸涂着蓝油的秀美指甲说，我宁愿坐在宝马车里哭，不愿坐在自行车上笑；宁愿躲在阴暗角落做他人的小三，不愿站在阳光下做卖菜的大妈。一个女人，凭借的是一张美丽的脸蛋和一段妩媚的青春，“二十女人一枝花，三十女人嫌弃她，四十女人豆腐渣，五十女人老干妈”。信仰是什么，追求是什么？就是女人的美貌，用不完的金钱。

丁小强叹息说，你走吧，从此分手别过，我马上要回分水岭村，那里还有很多事情等着我办理。

康乃馨忽然饱含眼泪说，小强，你知道没有你的日子，我是怎么煎熬过来的吗？苦难啊、孤独啊、寂寥啊，要不是上帝派出另外一个大叔突然出现，也许我早就见不到你了。

丁小强靠在长椅上落魄地说，虽然这个世界没有上帝，但是有缘分、有际遇，有责任、有义务，我们都得好好珍惜。

康乃馨哭着说，我现在已经思想颓废了、灵魂漂游了，没有一天离得开男人，没有一刻离得开金钱。没有男人在身边，总觉得危险就要扑来；没有金钱在荷包，总觉得贫穷就要降临。你说，我变成这副模样，难道你就没有责任吗？如果你不去做什么选调生，时刻伴随在我身边，我会在寂寞无助时刻傍大款、傍大叔吗？小强，我恨你，是你毁坏了我幸福美好的一生呀。

丁小强默默地看着她，让她尽情倾诉、像汪洋一样倾诉、歇斯底里地倾诉，倾诉完毕了，也许一切都会安然，一切都会好起来。

康乃馨叼着一支香烟哭着说，我对不起你的爸爸妈妈，也对不起自己的爸爸妈妈，他们对我太爱护、太有期望了。可是，我已经走上了一条不归路，回不了头，也无法回头。一旦回头过来，谁给我金钱？谁给我鲜花？谁给我光艳的葡萄酒？谁给我小车和房子？

丁小强不想责怪她，也责怪不了她。他拔下她嘴上叼着的香烟，用脚尖一边碾碎一边劝说，一个人一旦灵魂麻木了、信仰缺失了，就不可救药了。你现在还来得及，赶快回头过来，完成学业、服务社会，完全可以修复自己的人生。

康乃馨一把抓住他可怜巴巴地问，真的吗，小强？

丁小强紧紧握住她冰凉的双手说，真的，因为你骨子里本来就是个好姑娘。

康乃馨扑在他怀里呜咽，小强，我想你呀。

丁小强理智地说，不要这样，同学们都看着，还是讲点儿社会公德呀。

康乃馨祈怜地拉扯着他正要倾诉时，丁小强的手机铃声响了，是村委副书记米兰天打来的，邢大大从屋檐上掉下来摔死了。

邢大大与其他贫困户一样，早领了扶贫房钥匙，别人都搬入居住，只有他迟迟不动，因为舍不得埋葬在堂屋中的邢奶奶。

邢奶奶的坟墓虽然修建了四十多年，但是风不吹、雨不淋、霜不打、雪不落，所以一直没有陷落，高高大大、整整齐齐、黄泥块石，连草都没有长一棵。

邢大大举起酒杯说，老婆婆老妹儿，再干一杯，你在奈何桥上等我，国家修建的扶贫房住几天“尝”个新鲜了，我立马来阎王城找你。我们在天愿为比翼鸟，在地愿为连理枝，生生死死不分离。

邢奶奶不像黄干娘那样身材高大、胆大泼辣，而是小家碧玉、温婉玲珑，一双大眼会说话，一口白牙会唱歌，一双小脚会踢毽，一双长手会摆舞。在当年的分水岭来说，也是美人坯子一个，惹得男人们贼眉贼眼地嫉妒说，邢家大哥不晓得是哪辈人积攒了阴德，一个驼背娃儿，一分钱不花捡得玉皇大帝的幺女儿。

干瘦驼背的邢大大总是拉着她的手笑眯眯地说，这叫“恶有恶报，善有善报；不是不报，时间没到”，多做好事不吃亏不折本。驼背娃儿老实巴交一辈子，天上照样掉下小仙女。

村人们见青冈树扳不弯，编造歌谣讽刺他、羞辱他，想让年轻漂亮的邢奶奶离开他，继续过上单身汉的苦日子：

嫁人莫嫁驼背腰/好像对门修拱桥/两头压得梆梆紧/当中还在半天腰/急得女人双脚刨

年轻的邢奶奶竟然毫无愧色和羞怯，甩着长长的黑辫子，扣着修长的十指环，启开一张鲜红的小嘴唇，用歌谣回敬他人：

嫁人偏嫁驼背腰/修建溜圆幸福桥/钻来拱去好安逸/吊在桥上吃葡萄/美得哥哥笑弯腰

十几年的夫妻生活，虽然短暂，却给邢大大留下了无数美好的回忆，给村人留下了无数甜美的怀念……邢大大添加一杯酒说，老婆婆吔，叫你小妹崽老幺妹也行，我们不是一直这样叫着吗，我比你大七八岁，你一直叫着我哥哥呢。今天晚上我们一醉方休、一醉相卧，你睡在泥巴里面，我睡在泥巴外面；你把手伸出抓住我，我把脚伸进来勾住你，像我们搭谷子撕苞谷一样，缴起就不松开。

也许是邢大大喝醉了，或者是喝得万分动情了，竟然离开半条板凳，躺在邢奶奶的坟墓上一边喝酒一边说话，你看看，这就是丁书记给我们扶贫新房的钥匙，不锈钢窗子、透亮玻璃、防盗铁门、水泥地面，厨房灶具全部齐备，只等我们乔迁入住呀。据说丁书记去北京开会了，回来问清楚了就搬入新房。

不知道是邢大大的话语感动了坟墓里的邢奶奶，还是触动了天上的王母娘娘，

“啪啪”儿滴水珠竟然从天而降，滴落到了邢大大的酒杯里。邢大大一口饮了半杯酒，剩下半杯祭洒在邢奶奶的坟头上说，同饮此酒，夫妻恩爱，永不分离。

邢奶奶总是无言的，像她永远无言的坟墓一样。但是，对于年迈的邢大大来说，总是有言而且欢快的，不仅时常在耳边倾诉，而且时常在眼前交谈。当然，邢奶奶有时化成一只红眼白兔，在他锄头面前“突突”地奔跑；有时变成一只花翎野鸡，在他柴刀下“咕咕”呼喊；有时装成一条美丽青蛇，在他脚边“嗤嗤”爬行；有时也幻成一只蓝天老鹰，在他头顶悠悠盘旋。每每这时，邢大大总是放下手中的活路说，小妹儿老妹儿，想哥哥了吗？哥哥给你唱首歌吧：

哥在坡上放早牛/妹在檐下梳早头/哥向檐下招招手/妹向坡上点点头/趁起过来逮一口

可是今晚呢，邢大大亲亲的小妹儿老妹儿竟然化成了一滴露水，从瓦檐上滴落了下来，想给他暗示什么，提点什么呢？邢大大望着瓦檐半天终于明白了，原来是瓦片松动，天上的露水滴落下来。如果不立马修复，一定会滴落在邢奶奶的坟头上，滴落在邢奶奶的心尖上。

邢大大拖着楼梯爬上屋顶查漏补缺，没想到腐朽的椽桤竟然“呼啦”断裂了，一声“小妹儿老妹儿”还没有喊完，竟然不偏不倚落在邢奶奶的坟头上。

丁小强捏着邢大大冰凉的手掌，始终噙着泪水，因为邢大大不但治疗过他的腰伤，而且一直支持他的工作。所以他掏出三千元说，米书记，按照土家规矩办理，金三银七老衣，木板制作棺材，锣鼓喇叭坐夜，燃烧纸钱给他老人家开路下葬吧。

（节选自长篇小说《选调生》）

作者简介：雷雨，原名雷耀常，土家族，湖北省利川市人，湖北省作家协会会员，中国少数民族作家学会会员，青年作家网签约作家。

辛夷花开

郭建才

前记：《道德经》曰：致虚极，守静笃。万物并作，吾以观复。夫物芸芸，各归其根。归根曰静，静曰复命。复命曰常，知常曰明。

1

第二天清晨，他起来的时候，才发觉，不，是倏然感觉，这家酒店环境非常美好。

四面环水，空气清新，轻荡的湖水如绸缎一样漾漾摆动，水鸟偶尔掠过水面，便有唧唧鸟鸣。徐徐凉风吹过，轻音寥寥，他漫步走着，这是来工作吗？和度假一样！轻风拂面，像是若兰吹过，喳喳的鸟叫提醒了他，他几乎撞到了一株树前，只顾着惊讶，没想到几乎触到树了。

树上蕾已成苞，半含半露，他摸出手机靠近树枝，围树转了两圈，才满意了角度，轻拍了两张，仔细调出来看看，还不错，自己满意地笑了。

“何科长，早呀。”听到声音，他知道是小李。昨天行里派他过来是因为“花亦容”楼盘贷款的事情，出了一个大娄子，行里给他安排了四个人，从市里来到这县城，专项处理这些问题。

四个人中就有这个叫英若的小李，行长私下嘱咐说，小李，大学毕业生，干练稳重，去了除了工作，在生活上略微对你也有些照顾。

是吗？他私下里想，对我生活有些照顾？凭什么呢？望着眼前的小李，他似乎又想起了行长的话，由衷地笑了。

“笑什么呢？”小李有些不解，落落大方地站在他面前，小李上身着一件湖蓝间白格的上衣，下穿一条黑色牛仔裤，颈下则系一米黄色蝴蝶结，在春风中丝发缕缕，青春靓丽又英气逼人！

“没啥。”他收回了目光，指了指树说：“兰花要开了。”不料，听了他的话，她似乎有些疑惑，她再仔细地瞧了瞧树，又小心翼翼地扳下树枝看了看欲放的蕊片，转过头轻笑："这可能不是兰花，是辛夷花。"

"辛夷？！"他有些吃惊，望着英若，"什么是辛夷花？"

她欢欢地踏着小碎步跑了，留下一串脆生生的欢笑说："以后再告诉你。"

2

不觉中已到了楼盘，楼盘在阳光下矗立着，大门之上"花亦容"三个字依然熠熠闪光，但他不由得有些感慨，花亦容、花亦容，既花亦容，为什么业务办到这般地步？

他有些物是人非的感觉。

当他到楼盘办公室的时候，心里不禁涌起一阵感动，才明白刘行长为什么对他说那番话。英若把办公室收拾得干干净净，他的办公桌上放了一个晶莹的烟灰缸，在桌子的右前边。左边是办公用的文件夹、笔记本，整整齐齐分放两沓。座位桌上靠前是一盆白掌盆景，叶片绿油油的，虽然小，但很繁茂，一朵白色的羽片正娴然欲放！

屋里似乎有一种很温馨暖人的感觉。

"我这秘书可以吧？"英若笑盈盈地坐在他对面，半开玩笑地说。

"哦，不错，不错。"他也笑笑，或许刘行长说的不错，有个女的一起在这儿，这些半公半私的事情他可以少操很多心。

两人正说话间，张呵和王诘到了，四个人全部到齐。当然在正式办公之前要开一个小会。他掏出了一根烟，轻吸了一口，顿了顿说道："行里让我们四个人过来了，今天开始处理业务，我们分一下工，说一下我们四个人的业务运作模式吧：一，大家都要明白，我们这次来是补窟窿，降低信贷风险的，一定要和开发商上上下下的人员搞好关系，以前贷款时我们是财神爷，但现在不是，是我们需要开发商合作！"

说到这里他似乎想起了什么，对英若道："你找个笔记本，把开会内容记一下，以后每次开会都要把内容记下来。"他接着说道："二，我们四个人除英若外，在这个楼盘包括我在内，都有贷款业务，各自负责各自业务，按行里要求逐笔对接客户，以最快速度完成自己的业务。三、英若负责业务统计、报表等，上传下达、下情上达，和行里等对接，若有空闲时间协助处理我自己的一部分业务。四，我负责这里总体业务推进，向行里汇报整体情况，同时兼顾我自己业务处理。五，在这儿处理业务，不分双休日，我们四个人轮换休息，按照信贷制度要求，每次只能休息一人，一次休息两天。”

他顿了顿，望着张呵和王诘说：“我再说一点，这次“花亦容”出这么大的事，我们三个人受处分是跑不掉的，但是在这儿我们一定要把风险降到最低限度，否则到最后处分会更严厉，开除、法办也不是没有可能！”最后的这一段话他加重了语气，说得比较严厉。

英若望着他，不禁心里有些触动，他戴一副眼镜，儒儒雅雅的样子，认起真来也是这么严厉，这是平时在行里嘻嘻笑笑的何可吗？这是那个舞文弄墨的诗人吗？逻辑这么缜密、层次这么清楚！

何可不仅业务做得好，还会写文章，杂论、业务理研、散文，以及每天在朋友圈发的散文诗、古体诗等都写得很好，在行里行外有相当的知名度。

“英若，想什么呢？”看着英若有些走神，何可提醒道：“会后把我说的，在会议笔记本上整理一下我看看。”随即又接着说道：“从下午开始即为第一阶段，逐笔通知客户到楼盘办理贷款置换业务。”

待会议结束，英若已把整理过的会议记录递给了何可，何可看完记录，又看了看英若，英若透过桌上的白掌笑笑地望着她，似乎在说：“不错吧？”何可心里不由感叹，这女子，真不错，字迹娟秀，文笔流畅，意思准确！

3

第二天按照部署大家就开始各自进行各自的业务，逐户打电话。三四天过去了，大家才知道这业务进行的是多么艰难，有的客户的电话号码根本打不通；有的客户电话打通了，根本没当回事，说两句就不耐烦地挂了；有的客户约好了说第二天来，但也没见人影 ！四五天过去了，就办了两笔业务！

不说别人，何可自己就有些叹气，有些无名恼火，还有些烦躁，晚饭时四个人都静静的。无语中飘荡着四个人的无奈和心烦。

晚饭后刚进屋，何可就接到了英若的电话，说是约他出来转转。

夜色下的湖面风姿绰约，环绕湖水的路灯在夜里不断变换着色彩，红红黄黄绿绿，扑朔迷离，闪闪烁烁；路边的灯光映进水面，在轻风中波荡涟漪，漾着梦幻一般的色彩；远处有隐隐约约的霓虹灯，隐隐约约中有歌声随波荡来。

路上三三两两的人，有快跑的，有夫妻闲走的，有小年轻人谈恋爱的，何可和英若则在路边的石蹲上坐了下来，边欣赏着夜景，边聆听着风中荡来的优美夜曲：风轻轻，水轻轻，伊人笑吟吟，多少岁月，多少美好……

人在景中，景不醉人人自醉，英若不由地感慨道：“这夜色这景，真是人间仙境”。又看看何可，“大科长，你不是会写诗吗？现场发挥一下听听？！”

何可望着水面，知道英若笑望着他，想起白天的业务，有些感慨，也有些无奈，苦笑笑说：“美人美景，岂无诗？”随即吟道：“华灯初上夜幕明，夜景倒映水重重，俯瞰河下万点星，疑是丽人露娇容，美人在侧叹声远，幽幽声中路蒙蒙！”

“好诗好诗，大科长真是才子。”轻风过耳，凉意幽幽，英若似乎是半劝半说道：“何科长，其实我们不要急，这补窟窿的业务本来就难做，我们来之前就应该有心理准备，特别是你，不要上火，要不下面大家怎么做？”

听着英若在旁娓娓语语，何可醍醐灌顶，是呀，自己怎么连个小女子的心胸、格局都不如，这才三四天，怎么可能一蹴而就，自己太急了，这时他想到《菜根谭》中的一句话：理路上事，毋惮其难而稍为退步，一退步便远隔千里。

他再瞅瞅身旁的若英，很悠闲地坐着，头发飘拂，灯光闪烁映着秀丽的脸庞，如伊人浅坐……

4

就这样又开始了新一轮的业务电话，渐渐地就有客户来了，一天一户或三天两户，虽然还不是很多，但是呈增加趋势。客人来的时候，英若有时候配合张呵整理材料，有时候和王诘一起去楼上给他们照相，有时候帮忙处理何可的客户，楼上楼下、院里院外，英若蝴蝶一般上下纷飞，话声、笑声点点语语溢荡着。

每听到英若轻快的脚步声、盈盈的笑声，何可的胸间便不由像流淌着一股溪流，心底漫起来一种悠悠的温馨，喝着英若沏的茶也有一种甜甜的清爽。

但下午他和英若刚到办公室门口，就听到里面爆出吵吵嚷嚷的声音，王诘动天动地地吼着：“出去，出去，不给你们办了！”火药味似乎从屋里都溢到了门外。

“不办就不办，不是你们打电话要我们来的？！”里面传出一位女的不依不饶的声音，声音中唾沫星子也似乎能溅到门口。

原来这是王诘前天联系的一位客户，年轻小伙带着她母亲一起来了，本来说好是来签业务手续的，但在小伙签的过程中，她妈妈一会儿问前期多交的钱什么时候退，一会儿问这贷款什么时候能批下来，一会儿又要看王诘和张呵的工作证，没完没了，王诘压着一肚子火，解释得口干舌燥，最后实在憋不了了，两人便吵了起来。

英若看小伙和妇人往外边走，蹬蹬地小跑着在门外拦住了两人，三个人在外边嘀嘀咕咕，英若笑着比画着、解释着，近两个小时才又回到了办公室，由英若和何可全部签完了手续——一笔二十五万元的贷款。

下班时已经六点多了，何可要求大家稍留一会儿，说开个小会。王诘一听开会，气似乎又上来了，一副怒目圆睁的样子。英若坐在座上，一双眼睛小心翼翼地看着何可，难道要批评王诘，火上浇油吗？

何可从容地从口袋中掏出烟，给张呵和王诘各让了一根，然后又拎着茶徐徐地给每位添了茶，而后边走向自己的座位边说道："对不起，这段时间大家辛苦了，这难办的差事让大家受了委屈，首先是我做得不好，有急躁情绪。"说到这里他顿了顿，稍停了有两分钟，扶了扶眼镜，从座位上站了起来，似乎是在调整自己的情绪，接着又道："对不起，我向大家表示歉意，是我工作方法不对。"接着他又坐了下来，声音低一些说："不过，这工作本身就不好干，好不容易联系一个客户，大家想想，要把原来虚假的借户换了，换成新的客户，如果我们是客户，我们是不是也要问个所以然？所以我们联系一个客户不容易，能做一笔就化解一笔风险，对自己对行里就越有利，千万不要因小失大。"

屋里静悄悄的，灯似乎也格外地亮，穿着黑色半大上衣的何可也显得格外沉稳，声音仿佛在空气中荡着一份磁性，"前几天是我的错，与大家无关，明天从我做起，珍惜客户，详问详说详解，争取来一户办一户，大家说怎样？"

何可话音轻轻而沉沉地落在每个人的桌上，桌上的白掌已经开了，虽然盆景不大，但黑黝黝、绿油油的葳蕤繁茂，一碗大的白掌在绿叶中娴雅地坐着，静美、别致。

"对不起，今天是我做得不好。"何可的话落三四分钟后，王诘接上了话，垂着头，声音低低的，有些委屈，也有些无奈。

"没啥，"英若的话含着笑意，"谁都有火气，没火气是男人？从明天开始做好我们每笔业务，不就行了。"英若说着话，飞快地掠了一眼何可，这个何可，逻辑缜密，层次分明，有情有理，多有风度和水平的一个男人！

一个四十三四男人的魅力呀！

随后几个人又分析了这几天的业务，总结出了些规律性的东西，如一些经过要约答应来而没来的客户，往往是有潜力的客户，应继续跟进，等等，在总结中大家都觉受益匪浅，情绪不觉中都高涨起来。

结束时已经是九点多了，在走出门的时候，何可感觉自己的手被稳稳地握了一下，他知道那是英若。

5

情况渐渐地好起来，每天有电话预约成功的，也有来签约的，四个人忙前忙后，忙而有序地进行着。每天忙完，都再把进展情况反馈给英若，便于统计上报给行里。

这晚刚忙了一天，何可刚躺下，却接到了行里刘行长的电话，说是要这几天的情况汇报，包括总体情况、进展情况、下一步预测、跟进措施，等等，说是省行来人了，明天上午八点上班要听汇报。

何可在电话中应着，心里忖想：这不是要个整体报告吗？统计统计，还要分析分析，再写出来，岂是一时半会儿能弄好的？于是只好喊了英若，两人一起又从宾馆返回到楼盘办公室。

两人先是把户数、笔数、已签手续数，逐笔进行了统计，大体数据情况统计完毕，两人又根据这些信息进行了分析，这一统计、分析竟很乐观！

稍微顿了顿，何可舒然地喝了口茶，英若也不由地高兴起来，像鸟一样地乐着说："看看，不赖吧，天道酬勤。"

"喔，你还知道天道？"何可呷了口茶，笑着调侃英若。

"天道，你知道《易经》开篇就是'乾乾、坤坤'两卦，就是讲万事开头难，办事要循序渐进的。"英若一身湖蓝色休闲西装，内搭白色打底衫，脚蹬棕色高跟鞋，伴着"蹬蹬"的轻巧脚步，活泼不失稳重，稳中透着青春和雅致，"闲说的，上大学的时候有位大师在学校开了几讲《易经》，知道点儿皮毛。"

何可心里不由得惭愧，岂是乾乾、坤坤讲的是循序渐进，《易经》中每一卦大抵都是这样！望着优美若蝴蝶的英若，何可有种迷化梦幻般的感觉。

统计分析情况后，何克执笔写报告，英若在电脑上打字，如春流小溪，两人很默契，没有一点儿累的感觉。待报告写完、打完、校对完，给刘行长以电子版发过去后，竟已清风习习，天色微曦。

两人走在清晨的路上，凉风习习。两人走走跑跑，活动着腿脚。英若长发飘拂，如缕的风中传荡着英若的笑声，“何哥，你单身这么久，为什么一直独身呢？”

何可吸了口新鲜空气，回着英若的话，“四十多岁的人了，带个孩子，不容易找呗！”

“什么不好找，像你这种儒雅帅气又多金的银行领导，不知是多少女人的梦中情人”，英若笑嘻嘻的，“是不是挑花眼了？”

在调侃说笑中，两人不觉又到了那棵辛夷树前。辛夷花开放了，满树的辛夷花，一朵一朵，蕊羽乍秀，似星星似笑靥，在风中摇曳着，满树的盈盈物语，香气若有若无，缭缭散散！

何可想起了才来时英若的话，有些恍惚，“这不是玉兰花？”

“何哥，你看这花瓣要比玉兰花小些，并且玉兰花在九月份还有一次花期，而辛夷花一年就这一次，”英若边解释边招着手，“来，在这儿给我照一张。”

是呀，花开芬芳，良辰美景，伊人花下是自然的。何可端着手机，在不同角度给英若摄了几幅玉兰花照。这时刚好一个年轻小伙早起锻炼跑了过来，英若又招招手说：“过来，过来，咱俩合照一张。”

“合……照一张？”何可感到不解、疑惑。

“留个纪念呗，”英若又招呼着年轻小伙：“小哥哥，过来帮我们拍张照。”

那几张照片很美丽，英若如花，花下伊人。

6

这天上午，四个人正在办公室各忙各的业务，一个小伙子在不觉间走了进来：“英若——”

英若一抬头，愣了，随即笑了笑：“你咋到这儿来了？”

“我到你们行里一问，你不在行里，说你在这儿，就过来了。”小伙子板寸发型，戴一副眼镜，眼镜亮亮的，中等个儿，透着精神，脸上流着笑意。

何可正要起身打招呼，英若慌张地转过身，似乎是对何可，也是对王诘和张呵介绍说：“何哥，我大学同学，竞致。现在我和他到我们住的宾馆，把他的住处安排一下。”

“啊，你去吧，去吧。”何可笑着应着，倏然醒悟了一下，对着英若的背影大声说道：“下午你就不要来了，陪你同学在县城的景点转转玩玩。”

英若和她的同学离开了办公室，王诘和张呵对看了看，又看了看何可，气氛有些异样。

没有了英若的办公室，似乎没有了声音，空荡荡的，三个人各自忙着各自手头上的工作，寂寂静静的一下午。在六点多将要下班的时候，何可给英若打了个电话说：“晚上和你那个同学回来，一起吃个饭，坐坐”。

也就是由何可出面，招待一下英若的同学。何可想，这小妮子平常工作上不含糊，没少帮我忙，既然同学来了，这个面子还是要给的。但英若接着电话，似乎有些犹豫，最后还是答应了。

晚饭安排还是很周到的，有点儿宴请的味儿。英若和竞致回来得稍有点儿晚，菜已基本上齐了，六个菜两个汤，何可向竞致介绍着菜：“一叶秀春”“荷塘月色”“鸟鸣花晓”“鱼鱼相欢”等，其实就是些烧青色、杏仁百荷汤、烧桂鱼，等等。

竞致还是笑笑的，一个劲儿地说，多了多了。

“竞致，何哥不但是行里的业务顶梁柱，并且志趣不俗，还是个诗人、文人，你看看点的这些菜，都是有诗意文化品位的。”英若一连串清脆的介绍声中，带着由衷的赞扬。

“啥诗人、文人，胡诌几句”，何可笑呵呵的，扫了一眼坐在他左侧的王诘。该喝酒了，王诘会意，端起了酒说：“喝一杯吧，为竞致的到来干杯”，竞致侧过身，瞥了一眼英若，英若很利落，端起面前的红酒说：“来，干杯!”

多利落静爽的妮子！何可心里感叹着。

酒杯一端，桌上的气氛热闹起来，你一句我一句，工作呀、闲情逸致呀、几天的烦恼等等都堆到了桌面上，张呵掏出烟让了一圈儿，临到竞致，半笑半问：“兄弟，什么时候和美女妹妹结婚？你看看我们英若，个条有个条，长相有长相。”

“啥结婚”，未等竞致应腔，英若就端起了酒说：“来，喝酒。”何可扫了一眼张呵，又看了看一脸菲红的英若，英若酒添红晕，淡紫色卡腰上衣，在座位上端着酒亭亭玉立着。

“喝酒喝酒。”何可也端起了酒杯，招呼着一桌人，竞致也笑吟吟地和大家一同站了起来。接着何可很慷慨，也很潇洒，侃侃而言：“今天大家聚酒，主要是为竞致兄弟到来，为兄弟接风，来，大家干一杯。”说毕一饮而尽。接着又为自己倒了一杯，端了起来说：“其次是大家这一段时间干得不错，业务进展顺利，但从目前情况看，有些联系不到的客户，下一步还要麻烦弟兄们入村入户寻找，多劳大家！所以我再喝一杯，也给竞致兄弟和大家倒杯酒，表示谢意和敬意！”

随后是张呵、王诘、竞致一一倒酒，推杯换盏！酒、人、菜，话语纷纷，笑语声声，兴起时似乎都醉了，第二天竟不知什么时候散的场。

第二天上午近十点，英若才到办公室，张呵和王诘陪客户到楼盘了，只有何可一个人。何可拎起茶壶给英若沏了茶，说，解解酒吧。

“谢谢，”英若嘻笑着，“劳驾大科长，这茶肯定别有一番味道。”

“上午你可以不来的，”何可喝了一口茶，边应着英若的话，“应该陪竞致好好玩玩。”

“他走了。”英若低下了头，收拾着桌上的东西。

……

“他是你男朋友？这小伙子不错。”何可似乎很随意，笑着说道。

“你看是吗？”英若勾着头，似是回话。

“不是吗？”

……

外面阳光一片，有几声鸟鸣，啁啁啾啾的。

7

这天，何可和英若一起到乡下找一个客户。车窗外麦苗铺地，春景萌萌。

“没有几户了吧？”英若坐在副驾驶座位上边欣赏着春色边问。

“不多了，我就剩四五户了。”何克边开车边看着导航，心情也被这田野外的春色怡荡起来。路边的绿株、麦苗在轻风中一掠而过，车好像也又快又顺，下了公路，虽是乡间，但路况似乎也不错，很快找到了这个农家的客户。

这家农户恰在村边，下了车映入眼帘的是满畦的油菜黄花，空气中浸润着缕缕的油菜花香。何可和英若刚走近这家农舍外的茅竹，不料“汪”的一声从竹叶密处蹿出一个半大不小的黑狗，“汪汪”地向两人吠着，没等何可反应过来，英若“吱溜”一下疾转，不料被绊了一下，仰面摔在地上！

在小狗的“汪汪”声中，屋里走出一位农家妇女，很祥和的一个女人，嘴里

“小六小六”地呼唤着，小狗倒也听话，摇着尾巴跑到了女人身边。

待两人在门前坐下，问明了情况，女人是个明白人，解释说最近是有不少陌生的电话，但一看是生号码便没有接，说如果是这样，这两天就和丈夫一起到楼盘把贷款手续办理了。

事情很顺利，一顺百顺，两人走在返程的路上，有说不出的愉悦和舒畅，何可不知怎么又想起英若摔倒的狼狈样，不觉又忍不住笑了起来。英若感到奇怪，旋即明白了，用小拳头连连捶着何可，“笑，笑，让你笑，从小人家就怕狗嘛。”

回头路快，两人不觉已到了县城，映入眼帘的是一弯河流和一片沙渚，很空旷，也美丽。何可看看时间还早，就在路边的空处停了车，想在这野外走走看看，权当歇歇吧。

野外的麦苗如绸缎一样在春风中舒荡着，浩浩瀚瀚，又若春潮涌动。堤下的河水悠悠弯弯泛着细波缓缓向前，河面上几只鸟飞来掠去，近处几株桃花妩媚地对他们笑着。在徐徐的清风中，英若不觉来了兴致说：“何哥，古人能七步成诗，你看这景这天，你也七步一首诗，怎样？”

何可笑了，“将我？”随即又说道：“你记步数，现在开始。”何可潇洒地迈着步，何可的潇洒是一种随意，是一种腹有诗书气自华的潇洒，边走边吟：“绿畦黄花映农家，茅竹青青风轻轻，未近农舍犬已叫，美人失色掩花下。”吟完，想起英若的狼狈样不禁又笑了起来，开怀大笑！

“厉害，有诗意，有生活气息！”英若听着何可的戏谑，听着何可的畅怀大笑，心里感叹，真是标准的不拘细节的中国式文人！边说边用大拇指对着何可赞了赞。

“唉，你真可称得上我的红颜知己呀。”何可的话刚落，就有些后悔，君子讲究乐而不淫，这话是不是有些不合适？便回头看了看英若。

“是吗？红颜知己吗？”英若的长发在风中缕缕散开，似乎没有介意，只是有些黯然，“何哥，问你一个问题，你说结婚是找爱你的人，还是找你爱的人？”

何可在路边的一块草坪上坐了下来，看了一眼英若，又回过头来望着河面，“这是很多年轻人都困惑的问题，其实都一样。”

“都一样？”，英若有些吃惊，也有些不解，盘着腿也坐了下来。

“在婚前，不论是你爱的，还是爱你的，或是两情相悦的，只要是恋爱，都可以用两个字概括：浪漫。‘关关雎鸠，在河之洲。窈窕淑女，君子好逑’，古今亦然。”何可的声音飘在河面上，沉沉地荡着一种智者的从容和坦然，“但怎么浪漫，都要结婚，婚后都要经过柴米油盐的洗礼。”说到这儿似乎自己也倏然醒悟一样，侧过头看了看英若，英若却近过咫尺，呵气若兰的气息让何可有些恍惚，有些心旌摇动。何可稳了稳神，“对，婚后的生活可用‘柴米油盐’四个字概括，有的夫妻在结婚以后，在柴米油盐的人生沧桑中，由于生活习惯、脾气、性格等方面原因，最后分手了；有的夫妻在几十年的磨合中，失缺了激情、浪漫，成了左手拉右手，貌合神离！”

“按你说，这婚姻爱情啥也不是？”

“也不是，还有很少一部分，经受了柴米油盐的熏陶，执子之手，与之偕老，双方很和谐地走完了人生。但，可惜很少！”

“是，很少。”英若叹了口气，站了起来。

夕阳西下，晚霞如画，几只鸟儿在河面上盘旋着，远处似乎飘荡看葫芦丝的声音……

8

当何可他们把最后一位客户的手续办完的时候，刘行长过来了，听了何可他们的汇报，更是高兴，当即和他们住的宾馆联系，要了一间 KTV 包房。

待晚上他们到达宾馆的时候,刘行长要求了一桌酒菜,并要宾馆直接送到 KTV 房间。刘行长情绪高涨，说今天自掏腰包，和大家不醉不归。

“不过,”刘行长道，“我定游戏规则，今晚除了我和何科长给大家倒酒外，其他人不用再一一倒酒，但是按次序轮到一个人喝酒的时候，要表演一个节目。”接着刘行长向服务员招了招手，要服务员把音响打开。

音乐飘逸，灯光烁烁，悠悠地荡着著名歌手韩红的声音，高亢而绵长空旷，仿佛从很远的青藏高原飘来，带着亲切的回荡。

“大家辛苦了，今天我代表行里向各位表示衷心感谢！”说完，很爽快地，刘行长抬杯仰头一饮而尽，然后继续说道：“节目先从我开始，我们那个时代曾经有一首歌，很有激情，今天我把它作为我的节目唱给大家。”刘行长唱的歌曲是《年轻的朋友们》。

“年轻的朋友们，今天来相会，荡起小船儿，暖风轻轻吹，……为祖国，为人民……”刘行长持着话筒，边唱边离开了酒桌，走到了大屏前的空间，潇洒、高昂、激荡回旋：“……光荣属于八十年代的新一辈”。

在掌声、喝彩声中刘行长把话筒递给了何可，何可望着大家，眼镜在灯光下泛着柔和的烁光，“我也喝一杯吧，表示敬意和谢意，谢谢刘行长对我们工作的肯定，也谢谢各位在这一段时间工作的努力和配合。”喝了酒后，何可似乎斟酌了一下，“我出个什么节目呢……我给大家作一首散文诗吧，在人生中，有无数次遇到：上学的时候，遇到了老师、同学，给了我一生无尽的知识底蕴；在我工作的时候，遇到了不少好的同志，工作变成了乐趣；在人生困境的时候，遇到了刘行长，给了我动力和鼓励；在我困难的时候，遇到了好伙伴英若、张呵、王诘，默契的配合迎来了柳暗花明。总感觉，还有什么没遇到，但是我不知道；谢谢我遇到的，春夏秋冬的岁月，我们彼此相望，你好我好，彼此珍重都好。”

音乐低缓，何可的声音如涧泉轻轻流过。待话语终结的时候，似乎有一瞬的寂静，何可又缓缓而利落地说道，这首散文诗就叫《珍惜遇见》!

“好，真好!”英若的声音清脆而出，伴随的是大家的掌声。接着是张呵和王诘，两人一起表演了一个投骰子的节目，喝了六杯酒。轮到英若的时候，英若站了起来，英若今晚上身着一袭湖蓝色上衣，脖颈下结一个美丽的蝴蝶结，下边月白色长裤，精练、简约、美丽，她摇了摇红酒，呷了一口说：“我也谢谢大家，谢谢各位老大哥的照顾和支持。”

不料这时刘行长冷不丁儿插了一句，“何可照顾你了吗？”

大家都带着戏谑的笑望着英若，英若的脸上似乎上了一层红晕，讪笑着，“各位大哥都照顾得不错。”

“好了，何可和英若合作得不错，大家也都精诚团结！给小英开个玩笑，继续你的节目吧。”刘行长边说笑边收敛了话题。

“我也给大家唱首歌吧，是我上大学时候的一首歌，歌名叫《兰花词》。”

“轻阳伴春小萼芽，怡荡春风水漾漾，水漾漾看兰花，明日蕊片香羽化，淡淡笑，轻轻摇，魂牵梦绕，天涯海角不老。”

细腻、悠长，若兰婉转，在轻风中悠悠旋旋。

接下来是刘行长、何可给每位敬酒，酒醇绵长，萦萦缭缭，几个人不知什么时候都醉了。

9

何可第二天十点多钟才醒来，惺惺忪忪地睁开眼，只有英若静静地坐在床前。

“他们呢？”

“走了，刘行长吩咐我留下来，和你一起。”

英若见何可醒来，便回到自己房间整理东西，大约十分钟两人都到了楼下。

近三个月过去了，已是末春，酒店门前的辛夷花已过了花季，树上的绿叶蓊蓊郁郁地球结着，风动处，两三只飞鸟过去，伴着长鸣，掠在远远的水面上。

路旁、草丛里，零零星星地点缀着悠闲的花儿，在澄明的阳光下晃动开放。两人无声地望着河面，默默地走向车子。

返程的路上静静的。

“竞致没来接你？”

“他打电话问了，我没叫他过来。”

……

后记

后来，何可查了有关书籍，书中这样解释辛夷花：被子植物，木兰目、木兰科、木兰属，落叶乔木，别称白玉兰、玉堂春、望春花，花白色或淡紫红色，色泽鲜艳，花蕾紧凑，花先开放，叶子后长，花期十天左右。

辛夷花是兰花吗？

何可在看这段文字时笑了，仿佛看到娴雅开放的辛夷花，也似乎看到了笑盈盈的英若……

作者简介：郭建才，1966 年 2 月生，青年作家网签约作家。金融专业，毕业后进入中国农业银行河南省内乡县支行，1998 年 7 月调至中国农业银行南阳直属支行至今。爱好文学创作、摄影、旅游、文物收藏等。

来时路

孙澜僖

何牧到最后也还是没能挣脱与何石走同一条路的宿命。最开始何牧的确是有点儿不甘和埋怨，可她也从未后悔。

何石醒来那天，沉闷病房外的枯瘦枝丫新添了一抹柔嫩的绿意。何牧提着一屉蒸得软糯的甜糕并一碗熬得细碎的稀粥走近何石时，何石正透过初春的阳光缓缓地笑。

何牧快速走近并抱住何石病得孱弱的身子，故作镇静地从口中溢出了一声：爸……

何牧的泪水砸在何石浅蓝的病号服上，溅出了一朵又一朵微小的花。花朵一圈圈地晕开了三年前的往事……

临近年关了，宜市也变得喧嚣起来。

何石提着对联到家时，妻子周苓正在明亮的白炽灯下熬着米粥——何石胃不大好。年轻时他为了逃离小小的只有四方天地的桐镇何村，常常因为学习不吃晚饭。那时，胃病便在他的身体里浅浅扎了根。后来成了医生，一台手术下来经常挨过了饭点，他又仗着年轻没好好调理，这病根便渐渐牢了，最近这几年，愈发有枝繁叶茂的趋势。

周苓见何石回来，体贴地接过了他脱下的厚重的毛料大衣，把对联工整地贴在了门沿上。夫妻二人正在暖意融融的屋子里唠着家常，何牧携着暮冬黄昏刺骨的寒意闯进来。

“你怎么在这儿？”

何牧看着比平时回来早了许久的何石。她的声调中还带着未被屋内暖意消融的冰凉。

何牧已记不清自己是怎样同何石又争吵起来的了。或许是因为青春期里随时潜藏的莫名怒火。

“你为什么不帮他？你们的根紧紧缠绕在一起，你怎么能不帮他？”

何牧十分不解，为什么平常对陌生人也会施以援手的何石，如今对同根之人却如此冷酷无情。

“他”是桐镇何村的一个农民，想让自家儿子来宜市读书，在何石家久住。

“何牧，我们家也就两间卧室一个书房，你让他住哪儿？我和你爸都要上班，谁来管教他？”一向温和的周苓罕见地皱起了眉头。

何牧的脸上蓦地有些发烧。可她却固执地要求何石完美，即使在那场医疗事故发生之后。何牧后来才懂得，自己这些装点暗夜的漫天星子，皆逃不过世俗。

何石正想说些什么来缓解屋内略显紧张的气氛，突然一阵急促的电话铃声舞响起来。

城西环线发生了重大交通事故。一辆大型长途客运汽车翻了车。

何石满头大汗地赶到医院时，普外已是人满为患。平日里略显宽敞的过道如今扎堆似的填满了人。何石快步穿过寂静的人群，向药房要了奥美拉唑与阿托品，轻轻抚了抚因剧烈奔跑而有些痉挛的胃，沉稳地操起了手术刀。

“胸部创伤。主刀人：何石；一助：李华；时间：19：28。”

何石全神贯注，剖开了患者染血的胸膛。

“腹腔内大出血。主刀人：何石；一助：王叶；时间：22：46。”

何石额角有亮涔涔的汗珠滑落，头发也被汗水浸湿，一小撮一小撮地耷拉在额头上。

“胃肠破裂。主刀人：何石；一助：赵书；时间：00：13。”

何石的声线像是有尖锐石粒粗粗滚过的沙哑。他双臂酸涩，静脉曲张，偏偏胃病也在这时候来凑热闹。胃里深深浅浅的刺痛早已失去束缚，像是有人拿着森冷的刀子在柔嫩的胃腹里搅动，带有凛冽寒意的雪白刀刃不断磨蚀着脆弱的胃壁。一阵强似一阵的痛楚使何石不由得微微弓了弓身子。身侧忽然响起一阵无措的呼喊。何石用力甩了甩头，牙齿紧紧扣住舌尖，好让自己清醒干练如往昔。

“左胸下肋骨骨折。主刀人：何石；一助：钱烨；时间：3：29。”

何石不知道自己还能坚持多久，也不知道门外还有多少病人。他只是用尽全身力气精确地割下每一寸腐肉，缝合每一片肌肤。

他不能倒下……

刘原接到何石的电话时，正在欣赏着瑰丽似火的夕阳里翻飞的云彩。何石一直沉默着。终于，在刘原想要掐断电话时，何石递来了一声浅浅的叹息。

“帮我告诉她吧，也是时候了。”

刘原是知道那件事的，他是何石的兄弟，也把何牧当作自己的女儿。刘原是有些羡慕何牧的——何石把她保护得太好。终于，在何牧十七岁这年，何石想要放手了。

何牧到达前门老舍茶馆时，夜幕已经完全沉下来了，只有冬日朦胧雾气下的路灯还不知疲倦地醒着。刘原递给何牧一杯热气腾腾的黄芪绿茶，似以温和的声调把往事徐徐雕刻。

那场医疗事故罪不在何石，是纪言，一个刚从海外学成归来的青年。他刚回到宜市，家里人就砸钱让他在最好的医院当上了主任。那天普外接了一个消化道大出血的患者，纪言配血时，在对血型有疑问的情况下依旧输血。

何石接到消息后，几乎倾尽毕生所学竭力挽救，可心电监护仪上的波形最终还是消逝了。更让何石心寒的，是自己莫名其妙地就成了替罪羊。

刘原语落，何牧正盯着漂浮有芳香叶片的浅绿茶水出神。她换了温水，将杯底举过头顶望了望——还是一样。那里漂浮着无数细小尘埃。

何牧一饮而尽。

何牧不是没有怀疑过，只是没想到真相竟是这般。这些年来，她虽在何石竭力舒张的双臂里睡得安稳香甜，却仍能偶尔穿过细小的孔缝察见逼仄的黑暗。

“还好。还好不是他。”

何牧长长地舒了一口气。在庆幸何石无辜的同时，也怨恨起了那个笑起来有着深深酒窝的纪言。

何牧坐在手术室外冰凉的铁皮椅子上。

刘原在一楼缴费。周苓还在赶来的路上。

何石胃出血，倒在了手术台上，在救治完最后一个病人之后。

凌晨的医院满是寂静，却并不平静。有许多人在这时长眠，也有许多人在这时睁眼。医院永远是个充满矛盾的地方，它一半躲进阴凉，一半伸入朝阳。

“那如果真是他呢？”

何牧想起了刘原的追问。她抓紧了泛着冰冷光泽的椅子。想着，自己大概还是会原谅何石的。在生命面前，一切对错都变得微不足道起来。白璧尚且有微瑕，又何况普普通通的何石呢？就算他有些自私，也有点儿市侩与俗气，但他就是何石，就是自己的父亲啊。

何牧起身走到了长廊尽头。那儿开了一方狭小的窗户。从窗内向外望去，月色正逐渐退隐，疏星暗淡。这个时候，宽阔马路上已有车辆疾驰。

又是新的一天。从这天开始，这条道路上多了何牧坚定的背影，也多了新的人群……

作者简介：孙澜信，女，西南大学文学院2018级学生，四川省作家协会会员，出版有《中国诗歌地理：00后九人诗选》《心如荷开》《湖畔听棠》，多篇作品发表在《星星》《华西都市报》《红领巾》《中国少年作家》《中外文艺》等刊物，两次入选《人民文学》杂志社主编的年度中国诗歌排行榜，被列入《四川省首批青少年作家档案名录》。

牛中记相亲

黄伟义

牛中记家代代单传，到了他这一代更只剩了孤儿寡母。母亲已六十有余，因为吃的苦多，头上已满头白发，但梳得纹丝不乱，精气神还好。

牛中记也不知道，为了他的婚事，他还没出生父母就开始操心了。当年，为了建造一座农村时兴的三间结构瓦房，他的父母简直在拼命。因为他们知道，在农村一个家庭如果没有一座像样的房子，是很难说上媳妇的。为了准备这套房子，当年中记爹娘可是咬紧了牙根，拼命地攒钱。从生产队时起，就不辞劳苦，不怕脏不怕臭地利用工余时间，起早贪黑地四处捡狗屎、刮牛粪，交生产队攒取额外工分。大包干以后更是拼了老命，水田里除了种水稻，还种莲藕，种蔬菜，养鱼，养鸭；山地上种水果，种西瓜，养鸡，养兔。总之，什么赚钱做什么，把夫妇俩累得满身筋骨噼啪乱响，人晒得如火炭，瘦得似竹竿。这样一分分地攒，夫妇俩奋斗了大半辈子，才终于攒够了建房子的钱。可是，可怜的是，就在房子快建好的时候，中记的爹却累坏了，咯了半个月的血，就撒手人寰了，那个时候牛中记才十来岁，还不到说媳妇的年龄。

已经成年的牛中记，还不能完全明白这人世的艰难和父母的苦心。他对结婚成家总是不关心，他娘只得求媒婆帮忙了。

今天是中记娘与媒婆阿庆嫂约定相亲的日子，天气晴好，太阳照在青砖灰瓦的三间瓦房上，极度温馨，鸟雀一早就在瓦面上欢呼跳跃。为了迎接贵客的到来，中记娘早早就起来了。她闻到了与她房间一板之隔的冲凉房里小便桶溢出的骚味，心想一定是中记昨晚撒了尿没盖盖子。她先去把尿桶盖盖好，再把冲凉房门关上。她想，今天是个重要的日子，可不能出差错。她把整间屋都仔仔细细地打扫了一遍，把鸡呀狗啊都赶出屋去，让它们在门口的日光里要斗。她还约好了隔壁朱大婶和侄媳妇阿珍来帮忙。她要按当地的风俗，炸一锅油糍，杀一只大鸡，做一桌好菜，以此表示最隆重、最真诚的心意来迎接媒人和姑娘家的到来。

中记娘和朱大婶、侄媳妇，她们边忙碌边开心地说着笑话，厨房里十分热闹，满屋子香气喷鼻，但这些似乎都与牛中记无关。他独自躺在被窝里，悠闲地听着歌，歌声从他的窗口飘到了村巷。村巷里来往的人，也知道了他家的好事，都禁不住偷偷地往门里瞧一瞧。

当太阳爬到屋顶上空的时候，屋里开始飘出了油炸糍粑的浓香和金针菇炖鸡的香味，屋内一切已经准备得差不多了，单等贵客的到来。这时中记娘才发现中记至今还没露面，于是走到他房间来敲他的房门，大声叫道："你这懒虫，都什么时候了还不起来。"但牛中记并不应她。她正要发火，忽听大门外响起了阿庆嫂的叫嚷声："哎哟，好香啊，她大婶，正在忙呢，你看客人来了哦。"中记娘急忙迎出去，只见阿庆嫂带着两个妇女两个姑娘正要进门，心里一阵高兴，连连说："哎呀呀，进来进来，真是难得啊难得啊，辛苦了辛苦了。"中记娘满脸堆笑，心花怒放，忙不迭地让座、上茶，又催促朱大婶和阿珍赶紧帮忙，又去敲中记的房门，忙得不亦乐乎。待阿庆嫂做过介绍，中记娘明白了那穿红衣服的姑娘是介绍给中记的，另一个姑娘是作伴的，那俩妇女一个是姑娘的妈一个是姑娘的婶，是侦查门户的主要力量。中记娘心中有了数，在小心接待之外对红衣姑娘母女格外奉承，一时间主客欢愉，满屋和谐。只是牛中记却躲在房间里久久不出来。

及至吃午饭时候，牛中记才起来洗漱，然后盛了饭菜就躲进房间吃去了，自始至终都没有跟人打招呼，更没看那姑娘一眼。这令贵客们极为诧异，那鲜美的饭菜也顿觉无味。席间那婶还跟姑娘母亲嘀咕了一阵。中记娘心中极其恼怒，但当着客人的面不好发作；阿庆嫂也颇为尴尬。

饭后，为缓解气氛拉近彼此距离，中记娘请阿庆嫂和客人们进她房间来座谈。可是，正当大家嗑着瓜子吃着糖果谈得开始有点儿转机的时候，中记娘房间后的冲凉房突然响起了哗哗的撒尿声，那强劲的直冲尿桶的声音让人心里直打哆嗦。那尿撒得一点儿也不客气而且十分放肆，根本不考虑会有怎样的影响。大家正惊愕得不知所措时，一股浓烈的尿骚味从隔缝间源源不断地飘了过来，呛得大家纷纷掩鼻闭嘴，狼狈不堪。

中记娘心中明白，定是中记那小子在冲凉房撒尿，但撒得如此放肆，如此不合时宜，却让她终于忍耐不住，朝后面大喝一声："中记，你这野人，你怎么这么没礼貌!"

客人们也终于明白，原来是未来的金龟婿如此无礼，想起这金龟婿中午的表现，红衣姑娘和母亲忍无可忍，与客人们怒气冲冲地冲出房门，拂袖而去。阿庆嫂见状，知道大事不好，但还是勉强追上去跟那母亲解释说，啊，那个，其实撒尿响而有力说明肾好，肾好才一定能养男孩的。可那母亲和客人们根本不听她胡说，自顾怒气冲冲地往前走，害得她一点儿面子都没有。

阿庆嫂只好悻悻不乐地返回来，打算拿中记娘出出气，却见中记娘正拿着扁担怒气冲冲地追打着牛中记，朱大婶和阿珍正在旁边跟着追着劝架，屋里早已乱得一团糟了。

（文章节选自中篇小说《光棍屋》）

作者简介：黄伟义，中国青年作家学会理事、中国小说学会会员、中国网络作家协会会员，有小说作品获中国青年作家学会、中国小说学会举办的全国性征文比赛奖项。在豆瓣网、爱花城网有多部小说作品上架。有诗歌入选相关文集。

赴约（中篇节选）

李琼华

“你好，我组织朋友们在 KTV 唱歌，想邀请你过来……”

窗外细雨绵绵，眩晕症发作的晓晓，穿着蕾丝睡衣斜靠在床上翻看朋友圈，一条醒目的信息跳入眼帘。

晓晓点开消息详情，啊，居然是久未联系的文友梦君，他们数月之前有过一次交谈，彼此都喜欢唱歌，共同的兴趣让他们越聊越起劲儿，于是他们相约以后找机会一起 K 歌。

梦君是大才子，晓晓是在一个平台上读他的文章认识的，后来辗转询问了好多文友，才加上微信的。原以为那一席话，聊过就随风了，谁知道梦君居然会记在心里，晓晓想到这里，骤然心跳加速，一种莫名的兴奋涌上心头，倏忽面颊通红，似酒后微醺，这一激动，晓晓感觉头部眩晕得更厉害了。

这些年来一直深受头晕折磨的晓晓，深知其害，只得平复一下情绪，深深吸了一口气，将一些杂乱如藤蔓的思绪慢慢捋顺。身体最重要，见是肯定要见，可现在不合适，不是最佳状态，既然对方先约了，等自己病好了，再约梦君就是了。只是白白浪费了这场聚会，心中难免有了些失落，兼带一些不舍，罢了，晓晓拿起手机，轻扬指尖，回了信息。

“谢谢你的邀约，可我现在不方便出去，有客来访，不好意思。能否录个你唱歌的视频发我？”

“你不来，我不唱。”梦君秒回。

这条信息隐隐透着情谊不菲，晓晓心如鹿撞，刚才翻看朋友圈的时候，晓晓有些困意，此时见此信息，精神抖擞，浑身来劲儿，脑海中词汇堆积，灵感泉涌，她像是抓住了一根久违的稻草，拼命想获取一场救赎，甚至是一场轰轰烈烈的恋爱！

“我以为你忘了我们之间的约定……”晓晓快速打着字。

“没忘！一直记在心里，只是星期六、星期天经常加班，所以没时间约你！”

双方聊兴正浓，晓晓趁热打铁。

“你若白天忙碌，可以约晚上出来。”

晓晓的语气越聊越熟络，推开靠枕，让自己的身体慢慢滑入暖暖的珊瑚绒里，只露出白如凝脂的脖子，一只纤纤玉手紧紧攥着手机，生怕一不留神会滑落床下，破坏了这场盛大而魅惑的交集。暗夜里一种暧昧情愫正在悄悄发酵，晓晓的身体里，不安分的粒子，正在妖冶地舞动着，一种少女的情怀死灰复燃！

时光顺着窗外的微风悄悄拂过，倏忽已到午夜时分。晓晓的心越拉越紧，又发了信息：“回家了没？”

“没，还要赶赴朋友的第二场KTV！”

“啊！今晚有没有喝酒？”

“今晚喝了洋酒、红酒、啤酒……”

晓晓从欢快的氛围中渐渐警醒，犹闻酒气扑鼻，臆想中，心被揪紧，午夜里，醉酒的梦君还要步履蹒跚地去赶赴第二场聚会？

一种隐隐的不安频频噬咬着晓晓的心，她诧异于这种心路历程，这一切来得太快，让人措手不及，又是那么地陶醉悦心。

“听起来我都替你醉了，还能走路吗？”

“能！有兄弟照顾，你先睡吧，晚安！”

“你都这样了，我还能‘晚安’？到家发微信给我！”

晓晓的语气毋庸置疑，且铿锵有力。打完这些字，她索性又从暖暖的被窝里窜出来，昏黄的灯光下，越发妩媚性感，她顺手拉过海马抱枕，把手机放上去，找了个舒服的角度，点开了梦君的朋友圈。她想以这样的一种方式，静静地等候一条“平安到家”的消息，她也要在这个时间段，好好去翻阅梦君的生活圈，为将来的交往好好做功课！

窗外鸟声啾唧，叨醒了刚刚合眼的晓晓，她伸了伸懒腰，樱桃嘴里呵出了一团热气，朝着窗外扬声说：哎，小鸟儿，早早早！

旋即从床上跃起，拉扯着帖在身上皱巴巴的睡衣，半透明的蕾丝面料，展示出晓晓姣好的身材，胸部玲珑浮凸，衬托出那盈盈一握的纤腰，任何一个男子，看到这一幕都会血脉偾张，手足无措！

三十出头的她，算是半个剩女了，但不施粉黛的素颜，倒像是邻家妹子。两道弯弯的柳眉下，一双清澈明亮的瞳孔，透出一股灵气。唯一不足的是，白皙的脸颊上长着几颗俏皮的雀斑，一张红润的莲角唇，如玫瑰花瓣娇嫩欲滴，这足可抵消她脸上的瑕疵了。

晓晓趿着拖鞋，拽开窗纱，让窗外斑斓的阳光在睡房里自由穿梭，她突然想到了一个词语：蓬荜生辉。

刹那间，灵感如泉涌，她随手拿起床头手机，码出了一首小诗《缘》：

情缘似水

于午夜缓缓流淌

抵达心灵驿站

极目处

遍地开花

墙壁上的古钟

是我心中豢养的小兽

它欢快的叫声

在静谧的夜空中循环

它喊出了激情 牵出

一绺绺暧昧的夜光

与曙色接榫

作者简介：李琼华，笔名酒窝笑笑，广东揭阳人。广东省青工作协会员、中国诗歌学会会员。有作品入选《诗谱》《当代文学作品精选》《流年生香》《当代优秀诗歌作品选》《当代优秀散文作品选》《中国诗歌报临屏诗精华作品选》等。

她的名字（中篇节选）

左雁宁

某个夏日，我在公交车上遇到一个非常像她的背影。栗子色短发，窄而圆润的肩线，右侧耳垂上缀着一颗若有若无的星星。如果不是这个背影突然爆出一阵惊天动地的咳嗽，也许我会一直保持着这种奇异的心情，在躲闪中窥探，渴望重逢又默不作声。我只会在足以焚身的沉默中大喊她的名字，穆祎，穆老师。没有人能听见，唯独我感到震耳欲聋。

实际上，她早已随着我曾经就读的老学校一起搬家，极少出现在这条公交线路上。

在我对她七年的记忆里，穆老师一如既往地皎洁。如同未经消化的午夜时分，一捧冰凉的白月光悄悄地滑落在赤木地板上。我们相识于2009年，那一年我刚刚升入初中，穆老师也还不到三十岁，做我的语文老师兼班主任。那所百年老校还没有铺设塑胶操场，整个场地都弥漫着丝丝沙土味儿，一群新生踢踏着石子和黄土块焦躁地找寻自己班级的位置，几经调整才站好的队伍也弯弯曲曲的。穆祎在这种暗淡的环境中缓缓出场，她衣着素淡，手臂在宽松的袖子里显得分外白皙纤细。在她身后，枯燥喧嚣的背景都被打了马赛克，一并淡去了，她走在镜头中央，用颇为严苛的目光打量着她的学生们，像一位新登基的国王巡视她的疆土。

然后她带我们经过生了杂草的碎石路，踏过吱呀作响的铁楼梯，到七年级的教室里坐好。那是一栋独立的小楼，窗外伫立着一排挺拔的白杨，夏风拂过，绿叶翻动，撞在阳光上，纵目火辣辣的金黄。

平心而论，穆祎做语文老师比做班主任更加精彩有趣些。她讲《童趣》："余忆童稚时，能张目对日，明察秋毫，见藐小之物必细查其纹理，故时有物外之趣。"文中的孩子，她想要描述的童年，不疾不徐一一分析列举，又巧妙地串成一线，竟将这篇普通的课文读出一种神韵。从那时起，我就懵懂地发觉，穆老师的课，或者是她本人，都有一种特别的姿态，是语文课的姿态，更是女人的姿态。

她的课堂因此风生水起，既包含着令人急于探寻的缤纷，入耳又清清爽爽似一杯飘着新薄荷叶的冰水，饮上一口便出了神，从此“不知有汉，无论魏晋”。

穆老师讲课的神韵我一直历历在目，仿佛闭上眼睛就可以重回当年的课堂，无论何时想起，自有一种清凉。

初二语文书上有一个专门收录写景古文的单元，其中的《小石潭记》《岳阳楼记》《醉翁亭记》等文章每逢读起都只觉美轮美奂，其遣词酌句，每个标点、每笔停顿都美不胜收——她真切地让我体会到了那种纯粹的美。

说来也怪，那段日子只要逢着语文课必会下雨，逢着下雨便极少淅沥，多是倾盆。秋夏之交的雨水往往如迸裂了的碎水晶，坠下时轰然作响，伴着苍白的天色，白日也像傍晚。穆老师悠悠然穿梭在桌椅间，望一眼窗外的雨，抬手将几句重点课文写在黑板上，和着大雨朗声讲解。“潭中鱼可百许头，皆若空游无所依，日光下澈，影布石上”，水清鱼伶，皆在其间。我记得这时她的声音也格外清扬，是一片湿漉漉的叶子，在雨的间隙里翻转。后来，教室就成了一条河，我们在她身后，涉水同行，捕捉岁月长河中先人们所留下的吉光片羽。

我那时觉得，文学就是漫长日月中一闪而过的韶光，它不能让人食饱衣暖，但足以照亮太多不知何处归的人生。穆老师总是给我们营造一种“适合语文”的氛围，教我们字句，带我们体会，引我们学着敬畏。直到毕业后上了不少枯燥刻板的大纲课，才理解它的珍贵所在。

我自幼酷爱读书写字，当然读的大多是不怎么主流的非名著，写的也几乎都是泛泛之词，不可当真。待到做了穆老师的学生，便更变本加厉，手握一支秃头铅笔，随时随地都是我的猎场。穆老师对我的作文和周记都颇为重视，大片勾画出她认为好的字句，也常写很长的评语。她字迹清秀，我读了一遍又一遍，错觉那是一首诗，诗的枝蔓铺满了整个纸面。

某个秋日的午后，我坐在窗前，看着穆老师自远处踩着落叶慢慢走来。她一身墨绿色长裙，白衬衫在她身上显出非凡的轮廓，世界聚光于她，熠熠生辉。

随后的作文课，她讲评了我的一篇作文，那同样是一个孩子拙劣的呓语，她却毫不吝啬，细化到逐段逐句点评，将大段杂乱无章的童言镀上了真正类同文学的色彩。

我记住了那个下午，长大后走向了更远的地方，生活也有了更大的舞台，但无论是站在旧礼堂前方读诗，还是举着奖杯在人民大会堂的红毯上拍照，这些令人激动的时刻，每当有感叹，总是想起十三岁的语文课那明朗的日光，和她朗读我作文时略带沙哑的嗓音。

作者简介：左雁宁，90后非专业小写手，好读闲书闲文，尤爱白居易、张爱玲。得空时也常以手塑心，不求雕酌精致字句，只想留住一种类似情怀的东西。少年心事当拿云——吾将上下而求索。

三候寒门

程东升

丁酉大寒三候，天欲雪。寒风斜，迎面如刀割。禽兽无踪迹。人行亦匆匆，车皆满载而归。

毛应是个残疾人，五保户。我是他的帮扶人。我要在这场大雪落下之前，去看望他。

门是闭着的，但门口站着一个衣着整洁的人，他正在用手机打着电话。这不是镇党委汪书记吗？他一定是担心恶劣天气会给贫困户带来很大麻烦，所以也来走访慰问。我心中窃窃地喜。

说起汪书记，我和他有两次相处。

那是2016年发洪水，我所在的青年抗洪志愿队奉命驻守红星圩大堤。险情严重：大堤长四千米，塌方一处，滑坡一处，漫溢一处，管涌四五十处，全线渗漏。水位已经超历史水位。大堤随时有崩溃的危险。

汪书记是全段抗洪总指挥，总是不紧不慢地走在大堤上，从这个险情点走到那个险情点。我看着他那坚定的背影，扛在肩上的沙袋突然轻了许多。

各抗洪点饭菜自己解决，因为我们所在的大桥漫溢点离指挥部很近，书记看我们又冷又饿，就通知我们到指挥部吃饭。指挥部也就是桥头的一户人家，交通便利，方便停车。在指挥部里，志愿者们赶紧吃饭。书记坐在门口的小凳上，一会儿向上级汇报险情，一会儿指挥各险情点工作。

十八点四十分，书记宣布："同志们辛苦了！圩内一千户人家已经安全转移，你们的任务完成了。预计再有两小时，最强烈的洪峰就要袭来，估计红星大堤难保，大家撤回吧！"说完，书记略显无奈和些许沮丧。

据说，书记坚持驻守到晚上十一点钟。大坝连续崩开四道缺口，洪水像魔兽一样瞬间侵吞了两千多亩的大圩。

我再一次和汪书记相处是灾后。当时很多种田大户虚报受灾面积，对上要国家的保险赔付，对下赖皮不给群众田亩租金。书记一面和声细语善待群众，抚慰民心；一面打电话给我，说服我帮助群众依法解除原流转合同、出资帮助群众展开生产；一面会见村主任和承包户，大声训斥，要求实事求是上报受灾数据，归还群众应得田亩租金。

书记“亮剑”三招，一气呵成，制服了“村霸”，创建了新的形势下农村农业生产的新模式，即自然人出资，村民组出工出力，共同生产，群众获得劳工收入和田亩租金，出资人获得利润。

往事如烟。

书记打完电话，一转身，我俩四目相视而笑。我诚恳地招呼，“书记好！天这么冷，您还来走访贫困户呀！”

书记说：“是啊！气象预报，超强寒流，空前大雪将至。毛应这样的残疾贫困户，我该来看看啦！我睡觉才能安心些呀！”

我说：“大雪来临前，我带些蔬菜来，能管些天。”

“想到一块了，这两袋米和两桶油是我带来的。”书记指着墙角的物什说着。

“今天是大寒第十二天，你我能在贫困户门口等候，也是个机会。你是搞教育的，热爱文学。我是搞行政的，得闲也吟些诗词。不如今天，我们共作一诗词可好。”书记雅性大发，我受宠若惊。

“谢谢书记高看，我诚惶诚恐，薄才寡艺，可能要让您失望。”我答道。

“不必谦虚！毛主席的《采桑子・重阳》可会吟诵？”书记诚恳地问我。

“《采桑子・重阳》是毛主席三十六岁时，在闽西农村，当时大病初愈，又从领导岗位退闲，正逢重阳节，有感而发。不见主席的一丝悲秋之意，反显主席伟大人格，博大胸怀，激昂奋进之情。这词我很喜欢，会背！”我由衷答到。

我俩和着北风吟诵起来：“人生易老天难老，岁岁重阳。今又重阳，战地黄花分外香。一年一度秋风劲，不似春光。胜似春光，寥廓江天万里霜。”

“哈哈哈。”两人一阵笑。

“今天，我俩就以《采桑子》为律，以扶贫立意，各写一首词可好？”书记再问。

“书记儒雅，看来您早有灵感在胸，那就请您先作上阕。”

书记不假思索地吟诵道：“大寒三候寒门静……盼望新春……即是新春……扶贫人又送暖温。”

我一听，很是敬佩，格、律、韵皆工整，写实中又有写意，隽永含远。我只得硬着头皮作了下阕："党的政策贴心暖……正在扶贫……精准扶贫……只为脱贫不图恩。"

我连忙说："不协韵律，意义肤浅，见笑见笑。"

书记缓缓地说道："重韵淡律，能达意，就是好词。中华文化一代代传承，一代代更新，有这份爱好就好！"我暗暗佩服书记的辩证思想和高人一筹的见解。

书记若有所思地说："扶贫也是一场战役呀！自古战役皆有战歌。我想请你为我镇扶贫工作写点儿文艺作品，不知可愿意？"

"我文思愚钝，文笔粗劣，恐难胜任。"

"你就不必推脱了，宣委也在筹办此事，有心用心就够了，我要的就是用心工作的人。写不好，可以改！"

说话间，屋后转弯处传来声音："小心点儿，路滑！"我们拐过去一看，原来是红星村的朱书记正挽着毛应一瘸一拐地走回来。看来，朱书记早在我们之前就在此等候了。

毛应开了门，他非常激动，不知所措。汪书记说："毛应，我们三个人不约而同地到你家来，就一个意思，就是要告诉你大雪大冻将要到来，你腿疾不便，要防止摔倒。我们带了些蔬菜粮油，你就待在家里，可以管一些天不出门。要注意用电用火安全，再有什么需要你就打电话给村里给朱书记。"

对毛应交代清楚之后，我们心里安稳了许多。三人轻松地笑着分别，汪书记叮嘱我说："可别忘了打造拱金镇的扶贫名片哟！"

我回到家，灵感闪动。大寒三候，三人不约而同静静地守候在贫困户门口，不正是镇、村、帮扶人三级扶贫层层压实的写照吗？

"三候寒门"这张扶贫名片有意境，有故事，有诗可兴：

采桑子·三候寒门

大寒三候寒门静，盼望新春。即是新春，扶贫人又送暖温。

党的政策贴心暖，正在扶贫。精准扶贫，只为脱贫不图恩！

作者简介：程东升，安徽怀宁人。毕业于安庆师范学校，现在怀宁县金拱镇王山小学任教，爱好文学。工作之余，能笔耕所悟想，所谓不动心弦不动笔。

液态猫（中篇节选）

叶挺慧

它来的那一天，应该是路臻女朋友阿娜达离开的同一天。

一年前，阿娜达第一次闪过路臻眼前，背双肩包，穿轮滑鞋，像街角窜出的猫，一闪而过，撞在路臻身上。

任谁都不会想到这个长得像高中生的姑娘，年龄大了路臻两岁，而更令人意想不到的是，她还有着一份很特殊的职业——情趣用品体验师。

它来的那一天，路臻下班回家，在租住房间门口，先枯站了一会儿，想掏钥匙，又寻摸出手机。他就这样面对着紧闭的门，打开微信看着。里面阅读群的信息红点已经由数字变成省略号，意味着群里的达人们已经聊得信息过百。

他一一翻阅信息，那些在正方形头像后、长方形对话框里的内容，都在等着他垂怜。

阅读群常常会发起讨论，每个人分享喜欢的作家和书。有时会发生争论，幸而气氛热烈却始终友好。现在他们讨论的，是诺贝尔文学奖获得者石黑一雄的《远山淡影》。

“石黑一雄用的这种小说叙事方法很有意思，如果有人发现要讲述自己的生活太过痛苦或尴尬，那么就借用别人的故事来讲述他自己的事……”

路臻在阅读群里写了长长一条信息，在发送前一瞬间被打断。手机屏幕上方提示的，是经理的 QQ 信息：PPT 做好发我。

他终究删了编辑许久的信息，打开了门。

阳光依旧透不进来，房间朝北，始终阴冷，虽然有横着的采光窗，但终年不开。如果路臻站在窗户前，眼睛刚好能平视这个城市的地平线，而阿娜达的头顶还够不到。

房租不贵，一室一厅一卫，两千八一个月，吵架的时候，路臻还能摊开被褥睡在客厅。有时候加班晚了，为了不打断阿娜达的规律睡眠，路臻也会自觉地在客厅睡觉。然而朝阳初升时，阿娜达会准点从卧室出现去上厕所，然后一脚踩到他身上。大惊小怪之后，披头散发对他一阵咆哮。他眯着眼，听不清楚，也搞不懂她为什么发作。路臻手脚无力，被动地被推到沙发上。阿娜达会一边嘴里念叨着，一边把地上的被褥整齐叠好，码入衣柜。这样的场景通常会突然结束。阿娜达也不上厕所了，反身用力重重地关上卧室的门。

路臻一个人沉浸在半暗不明的客厅中，身体在沙发上扭出一个舒服的姿势，无意识地将布艺沙发上的垫子弄出几个褶皱。什么都不能控制他破坏这片土地的规则，人体需要最大限度舒展。

打开门，房间里闷闷的，有着她化妆品的味道。他站在门口眩晕了那么一下，发现房间里一些固有的东西已然不见。

桌上的笔记本、直播专用摄像头、化妆品、粉色行李箱，原本叠放在椅子上、整整齐齐的女孩衣服……

只有那双旧旱冰鞋，从床底露出一点点痕迹。最重要的是，卧室内椅子和桌子的角度，不是平行的。这片空间一直以来的规整，没有了。

尽管时常吵架，路臻终于确定这次阿娜达说要走，是真的。

他看着旱冰鞋，仔细回想是什么导致她真的离开。

片刻之后，路臻居然鬼使神差地俯下身子，将这双女式旱冰鞋套在自己宽厚的脚上。

他滑得很慢，轮滑缓缓地在光滑的瓷砖上移动着，像手掌抚过阿娜达细腻的肉体。他快不起来，地下室的瓷砖终日潮湿，旱冰鞋里，他的脚后跟下面还空着，一快就必然要跌倒。

他从一个瓷砖格子，滑到另一个瓷砖格子，慢慢把这个正方形房间的每个格子滑过。一如阿娜达般严谨，中规中矩。

一个格子回忆一段往事，一段往事包含一次争吵。记忆的硬盘，分区严谨，CDEF 盘各司其职。只有学着这样，路臻才能最快回忆起他想要回忆的情节。尽管这种方式，是他深恶痛绝的。

这是他工作的教育培训公司教给他的，记忆宫殿。脑子里，也可以规整。

阿娜达准时起床、准时吃饭、准时直播、准时按部就班体验产品，准时写产品报告，甚至和他做爱，也要看看表，算算时间长短。

“你能别掐得这么准时吗？”路臻看到阿娜达做事的模样，牙齿咯咯作响。

他做什么事情都喜欢换个花样。然而他也明白，在这城市多待了几年的阿娜达，更适宜城市，只有这样，才能同时做两份工作。

她慢不下来。

路臻终于摔倒了，他将脚拔出旱冰鞋，却发现床底一双眼睛正蓝汪汪地盯着自己。

路臻一声大叫。

床底那双眼睛滚了出来，一个不知道经历了几手租客的花瓶。那双眼睛就长在花瓶上，是一个毛茸茸的小脑袋。它慢慢从纤细的瓶口里流淌出来，在地面上延展，变成一摊。这滩东西逐渐收拢，变成了球形。

原来是一只猫啊。

路臻想起了刚刚在阅读群看到了一条消息。

去年搞笑诺贝尔奖的主题是"不确定性"（Uncertainty），而物理奖获得者——来自法国里昂大学的研究者马克•安托万，他通过流变学中的"底波拉数"来证明"猫既可以是固体，又可以是液体"的理论。

路臻环顾了四周，房间窗户和门紧闭，绝无外界进来的通道。客厅空调早被上任租客拆走，留下一个乒乓球大小的外机管道孔，那也不是它这拳头大的脑袋能自由进出的。

"你是从哪个世界来到我这个世界的啊。"路臻拎着猫的后颈，感叹着。猫，真的可以在固体和液体之间自由切换。

有人敲门，许是主人找来了。路臻赶忙打开门，却是房东。

他拎着一袋水果，应该也是下班回来。他嘴里啃着苹果，含糊不清地说："你女朋友早上微信转了我这个月的一半房租，让我问你要另一半。"

路臻掏出钱包。房租也是AA制，阿娜达也算是有情有义。

房东很是客气，收了钱，还硬是塞给他一个苹果。送走了房东，路臻回头，却看不见它。

它去哪里了，难道又从某个神秘的通道回到它的世界了？又或者，它和阿娜达一样，是从没出现过的。

他四下张望，终于发现轮滑鞋里一双眼睛慢慢亮了起来。

它变成了鞋形。

作者简介：叶挺慧，80后，浙江遂昌县人民医院康复医学科主任。丽水市作家协会理事，丽水市网络作协理事，遂昌县作家协会主席。2015年开始文学创作，作品常见于《江南》《丽水文学》《衢州文学》《求学》等文学杂志。2018年浙江青年作家高级研修班学员，曾获第二届中国青年作家杯小说组一等奖，丽水市文学创作大赛金奖、银奖等。

情窦初开

吕金全

夜里长征翻来覆去难以入睡,他便不自觉地想起赶集的时候遇见的那个姑娘,想到自己当时的傻样,他禁不住笑出了声。直到深夜昏沉睡去，他的脸上仍旧挂着笑容，总也合不拢嘴。

她叫秀萍，脸蛋就像是一株深藏在闺阁中的桃红，朴素的衣着就像陪衬的叶子碧绿得发亮，结出的骨朵儿饱满得诱人，开出的花瓣儿多汁温润，包在手上，总会印上难以褪去的红痕。

就是如此的人儿诱得长征情窦初开。

除了平日的农活，村里的人大多闲在家中。农村的生活亟待改变，村主任号召大家走出去，走到东南沿海的省市打工。

于是在那个年代，能做泥瓦匠的，能下工厂的，纷纷涌向长江下游的那片肥沃土地。

长征没有离开家乡，羽翼尚未丰满的他对外面的世界还满怀怯懦，况且家里状况也不容许。也许待他成熟些，待家中安稳些，他有一天也会走出去，去看看书中描绘的那个浩渺、精彩、纷繁的外面的世界，去领略领略那些迥异、奇特、美好的都市景致。

“长征，跟着俺下地去!”娘满是抱怨地说道。

“好的。娘，走吧!”长征乐呵着回应。

两个人一路往东南地走去，东南地不大，却是块儿很肥的田。葱绿的庄稼长势很旺，和风吹拂，在田间的小路中间穿行，身心就像被自然陶冶着，洗礼着……

“长征，你也老大不小了，该说媒结婚了，有个媳妇儿在家总比这样强，你觉摸着咋样儿？”

“嗯……”长征挠挠头，模糊不清地嗯哼着，“俺自己的事，你就甭操心了。俺能顾好自个儿。”长征嘿嘿笑着，小跑儿步走到了娘的前面。

“一跟你说这事，你就嗯哈嗯哈的，倒是给俺个准信儿，别让俺一天净操恁的心，不中啊？”娘喊着，又像是自言自语着。

这天，乌云黑压压的，聚积着快压到了树梢上。院子里的楝树唰唰作响。长征想，他不该让别人安排自己的命运哩！

他曾经因为穷苦辍学，人生的道路已经被无情地篡改了一次。如今，他不想再一次因为穷苦而委屈自己一辈子，他要把自己后半生的命运掌握在自己手里。

雨越下越急，院子里积起了几摊水，夹着树叶，豆大的雨珠重重地砸下，激起一朵朵的水花。

然而，此刻的长征却丝毫没有兴致欣赏眼前的情景，那雨珠就像砸在了长征的心上，引得他的心扑通扑通地跳，一股儿不踏实的感觉袭上心头——秀萍。

秀萍家里虽不富有，但也不像长征家里那样窘迫。况且她人生得俊俏，体态窈窕，家里地里的活计样样行哩！自然上门提亲的人家不少，只是秀萍心高气傲，一个也没看好，这才还未出嫁。

长征心里急得如同这不断线的雨珠一般，可是他又没有任何计策。定亲要彩礼哩，结婚更不能少了嫁妆，还有最重要的是要有三间房呢！

哥哥印儿结婚已经七、八年了，为了盖那三件砖瓦房，家里欠下很多账，这才刚喘过来一口气，另一座大山就这样唐突而残酷地横在了全家人的面前。

晚上，娘对长征说：“长征啊，俺前两天碰见了你姑姑，她说她那庄上有户人家的姑娘，人长得也还不错，家里跟咱家也差不多。要俺给你说说去？”

“娘，俺不急哩。”长征一听娘提起给他说媒，眼前马上浮现出秀萍的倩影。

“那还要光棍儿一辈子哩，傻样儿。咱家穷，奢望不起大户人家的姑娘，能娶到媳妇儿就不容易了，还哪能挑三拣四？”娘的语气也冲起来。

长征现在已经心有所属，哪还容许别人对他自己的终身大事指手画脚呢！

“不急就是不急，俺有中意的人儿哩！”说着，长征就窜了出去。

娘提着嗓门说道：“长得好看又不能当饭吃，别指望你靠脸能填饱肚子哩！”

长征觉得自己应该主动起来，他要自由地追逐自己的梦，虽然看起来希望是那样的缥缈，秀萍就像天上的云朵，可望而不可即，但长征总要行动起来。

终于，长征下定了决心朝杨庄走去。

一路上，他细心地筹划着每一个细节，他无法想象和秀萍在什么样的情况下相见，之后每一句话，每一个字眼儿，他怎样向秀萍表白自己的心意。不论秀萍是接受，还是拒绝，他都要勇敢地去面对。即便是为了将来回想的时候少些遗憾，他也要迈出这一步。

一个穷字让人真正意识到生活的不易和心酸，但长征要让秀萍相信，他有能力让明天的日子充满阳光。

找到秀萍家的时候，已经快晌午了。像是第一次钻出巢穴的鸟儿，长征觉得自己的心在飞翔。

（文章节选自中篇小说《雪村》）

作者简介：吕金全，95后，来自新疆阿勒泰地区兵团第十师，现为南开大学外国语学院英语语言文学专业在读硕士研究生。擅长现代诗、散文及短篇小说写作，主题涉及风景、校园和社会。本科期间，曾受南开大学校友全额资助举办个人“诗意人生·青春主题诗歌展”，展出作品60首。2018年8月至2019年7月，作为中国青年志愿者扶贫接力计划第20届南开大学研究生支教团成员，重返家乡阿勒泰地区支教。其间，完成诗歌、散文、演讲稿等逾6万字。

小报童卖报的故事（童话）

王晓俊

小报童以最快的速度坐上最近的航班飞往澳大利亚。飞机落在机场后，小报童的舅妈热情地来接他。小报童对舅妈说："舅妈，你快一点儿带我去一个马上能见到野生动物的地方，而且要找一只性情温顺、头脑正常的动物。"

他们开车到了一个叫考拉野生公园的地方，动物管理员说，考拉喜欢独居生活，这片树林里有三只，那片树林还有几只。

小报童听见树丛里打呼声此起彼伏，像呼噜交响乐一样。他蹑手蹑脚地走进去，真担心惊醒考拉。好在一只可爱的考拉正在咀嚼树叶，小报童兴奋地凑上前去。

"考拉小姐，您愿意买我的报纸吗？你可以用'睡觉的呼噜声'来买报纸。"

考拉一边眯着眼睛看着小报童，一边嚼着树叶说："我愿意倒是愿意，不过你看我特别忙，每天忙着吃树叶。"

"我可以等你哦。"

"那你稍等哦。"就这样，小报童足足等了两个小时，考拉才填饱肚子，她抱住一根粗大的树枝，懒洋洋地说："现在你把报纸举起来，我看看吧。"

小报童满脸兴奋地高举着报纸。可是没过多久，他就听见一阵阵呼噜声，原来考拉小姐睡着了。他用尽全力爬上树，摇了摇考拉的身体。考拉小姐挠了挠毛，喃喃道："等会儿，等我睡醒了再读你的报纸啊。"这一等小报童足足等了二十二个小时，第二天依然是如此，小报童只能忧伤地离开又一次睡过去的考拉。

飞机载着疲惫不堪的小报童飞往了寒冷的南极洲，一路上经历颠簸的气流，终于到达南极海冰机场。在南极科考队的帮助下，小报童迎着寒风坐着雪地摩托车，终于找到了企鹅。

成群结队的企鹅聚集在一起，它们有的四处张望，有的交头接耳，叽叽喳喳，好热闹呀。小报童走到一只企鹅面前，俯下身说："你好，企鹅先生。"

“你好啊，小朋友。”

“您愿意买我的报纸吗？”

“我可没时间读报纸，我正忙着站岗呢，如果有海豹和海象过来袭击，我得通知大家。”

小报童只好转向另一只企鹅，那只企鹅却摇了摇头说：“我正忙着照顾我的孩子呢。”

小报童问了一圈，所有的企鹅都说自己非常忙，它们都忙着生存，一不小心生命都没有了，哪有时间看报纸啊。

飞机载着失落的小报童飞向了巴西寻找美洲豹，小报童非常害怕美洲豹会吃了他。一只流浪猫说：“胆小鬼，怕什么，美洲豹是我的远房亲戚，我带你去见它吧。”于是，他们一起结伴去了丛林。走了很多路，终于看到一只年迈的美洲豹躺在一棵大树下。

“大表哥，我给你带来了新鲜食物。”流浪猫用猫语对美洲豹说。

“这个胖子看着就是吃汉堡可乐长大的，肉一定非常不健康，而且这么多肉也不容易消化啊。”美洲豹有气无力地用猫语说。

“大表哥，你最近怎么还挑食了？你不是一直说要报复人类吗？他们砍伐了丛林，猎杀了你的妻子。”

“是啊，可是，我厌倦了报复。我快死了，不想再杀生了。”

“美洲豹，你是不是生病了，怎么病恹恹的。”小报童关心地问。

美洲豹吃力地用人类的语言说：“孩子，我本来该吃你的，但是今天你很走运，你找我有什么事情吗？”

“我想让你读一份报纸。你可以用‘不吃人的条件’来买下这份报纸。”

“哦，你拿过来吧。”

小报童勇敢地走上前去，把报纸端在它的面前。美洲豹挤挤眼睛看着报纸，还没等小报童拿出手机，它已经死了。

善良的小报童和流浪猫把美洲豹葬在大树下后，他又连忙搭乘飞机飞向欧洲的“童话王国”捷克布拉格。

第二天早晨，小报童坐在布拉格的伏尔塔瓦河边，看着天鹅们优雅地在湖水中游泳。

“美丽的天鹅，你们能看一下我的报纸吗？”小报童忧伤地低声问。

“哦，哦，我这么美丽，你看我翅膀划过水面，那是多么美丽啊。”

“是的，你真的很美。您愿意买一份我的报纸吗？你可以用‘美丽的照片’来支付。”

“哦，哦，你帮我拍张照吧。”

小报童用手机拍下一张照，天鹅接着说：“你赶紧发微信群，标题是：我见到布拉格最美的天鹅了。”

于是，小报童按照天鹅的要求发了微信群，再次转向天鹅的时候，天鹅们却凑到了一群游客前，争先恐后地展示自己的美丽和抢夺落入水里的面包。

在爱斯基摩人的帮助下，小报童终于找到了北极熊，憨厚的北极熊此时正躺着休息。

“你好，北极熊。”

“你好，小屁孩。”

“您愿意买我的报纸吗？你可以用一块冰块作为交换。”小报童恳切地问。

“当然可以。我大部分时间都在休息，三分之一的时间都在走路和游泳，以免得了肥胖症，你看，我现在还是非常苗条的。”

小报童看着北极熊胖乎乎的身体，忍住了笑，继续说：“你不担心生存吗？”

“哦，这个我不担心，除了人类能伤害我，这里我是最强大的动物。抓只海豹还是非常容易生存的。而且，现在你们人类已经意识到保护我们这么可爱的动物了。”

于是，它拿起报纸，有模有样地看起来。小报童赶紧为北极熊拍了现场照片，并问道：“北极熊先生，你喜欢这份报纸吗？”

“哦，我什么也没看懂，我一个字都不认识，我只是在看图片装样子，这样特别酷。”

小报童呜呜地哭了，等他醒来，发现自己趴在一张报纸上，报纸被自己泪水染湿了。

妈妈走了过来，拍了拍他的肩膀说：小艾，今天你比赛获奖了，爸爸说要奖励你，带你去动物园玩。

“不不不，妈妈，我不要去动物园，我只有一个愿望。”

“那是什么愿望呢？”

“我只想让爸爸不要总玩游戏，我想让爸爸和我一样每天读报纸。”

作者简介：王晓俊 ，女，生于1985年，汉族，上海人，毕业于中国传媒大学行政管理专业。曾经在500强公司从事人力资源工作，后因对于文字的热爱，积极投身文创类工作，先后从事新媒体编辑、视频编剧工作。能够创作出《小报童卖报的故事》要感恩自己的孩子。睡前给孩子编故事，将自己对于报童的记忆和时代的变化融合在一起。这个有趣的故事让新时代的小报童有了一份新的使命，故事里的小动物映射了不同人身上的特点，整个故事充满童趣又引人思考。

叼鱼狼（中篇节选）

周鸿

盛夏的河堤上林木茂盛，不时有鸟鸣从枝叶间飘出。一只蜡嘴鸟站在我们身边那棵大榆树顶上啄食残留的榆钱，偶尔，清脆婉转地亮几下歌喉。我们听得很惬意。

突然，一颗白色的鸟粪从高空自由落体而下，“啪”地拍在王大贵手背上，顿时碎裂得飞花四溅。让我感到不可思议的是，王大贵低下头，滋溜溜把那抔鸟屎吃了。我瞪大了眼睛看着他，问：“你咋还吃鸟屎啊？”

“今天我们有霉头，把它吃进肚子就算罩住了，能消灾解难！”他说。

我说：“那我们就避一避，别去河里钓鱼了！”

他说：“罩住了，啥事也没有了。”

我觉得傻乎乎的王大贵真有灵气，他说有霉头，果然霉头出现了：从渡口那边的上游河沿上，跌跌撞撞跑过来两个人，边跑边喊叫着救人——救人！再看水里，一个女人顺着河流飞快地向下漂过来。王大贵一点儿没犹豫，只把两只鞋子甩掉了，穿着短衣、长裤就跳下去了。

他在河流中截住那个女人，掐住她的胳肢窝，三下两下把她拖上岸。好在这边水不深，只是辽河涨水漫过了滩涂的野草，要是再往里面一点儿，女人的命也许就保不住了，眼下她只是被呛了几口水暂时昏厥而已。

两个跑过来的男人到我们村来过好几次，我们都认识。他们当场夸赞王大贵，把王大贵乐的，口水淌出了半尺长。他们两人把落水女人背走了。我们钓鱼的兴趣也没有了，大贵就说等立冬结冰了带我去抓黑鱼。

立冬过后，水面开始结冰。我就天天晚上越过我们两家毗邻的土墙去催促他，终于说动他了，于是约好时间一起出发。

王大贵的腿长、脚大、身板宽，走起路来虽然踢里踏拉，但是步伐稳健速度飞快，我只能颠颠小跑跟在后面。不多会儿我们就到了生产队的养鱼池，下到冰上。王大贵笨熊似的沉重身体刚行走在冰面上，冰面就咔——咔——地响起来，而且一道道裂纹在他的脚下像闪电一样发射开去，吓得我连忙从冰上退了回来。我说："大贵啊，大贵，冰面要塌了！"

王大贵回过头冲我一乐，说："大红你个怂样胆小的像个水耗子，这叫鲶鱼冰，冰面特别结实，熊瞎子走上面都掉不下去。"

我刚开始还胆战心惊地试探着往前走，后来觉着真的很结实，就追了上去。

天刚放亮。透过绿幽幽的冰层我看到了下面褐色的水草还有黑魆魆的大蛤蜊，偶尔还有大大小小的鱼在游动，它们在那静谧的世界无忧无虑地休憩着。

王大贵停住，放下背筐，把里面的家什倒在冰上，接着左手操起榔头，右手操起冰镩。我问他："大贵，大贵，我帮你干点儿啥？"

"还用问？你的任务就是往背筐里捡鱼！用这柄鱼叉，搭在背筐上，在冰上拽着走，省劲儿！"他命令我。我遵命。

他放慢了脚步，蹑手蹑脚地在冰上行走，瞪大眼珠子向冰层下面搜寻。他突然停住，冲我招手。我蹑手蹑脚地靠上去。他把冰镩轻轻放在脚下，戴着手闷子往下比画着轻声说道："你看看，这是啥？"

"啥？一截柳木桩子呗！"我透过冰层看到了那个东西。

他又说："你好好看看，柳木桩子它为啥还动呢？小笨蛋，这就是黑鱼！"

我愕然。仔细看去，这条黑不溜秋的大黑鱼有二尺长，悠闲自得地在水中慢慢摆动尾巴，嘴巴不时地张合着吐出水花。这时大贵盯紧黑鱼，高高举起榔头，在鱼头的位置上方"啪——"一下砸下去，冰面震开了无数条放射状的白色裂口。我急切问道："这就算砸到了？"

他没工夫搭理我，在砸点旁边搜寻。一股浑水在冰下弥漫延伸，浑水尽头冒起了一串串白色的非常显眼的气泡。大贵没有着急，把榔头轻轻放在对着气泡的冰面上，回手拾起了冰镩，嚓——嚓——地在榔头周围镩冰，溅起的冰屑划出一条条白线，霎时间，一个直径一尺多的冰块基本和周围断开。王大贵放下冰镩拿起榔头，轻轻往下一磕，冰块就飘进了冰排下面。冰排下的水慢慢恢复了清净，只是还有水泡从一个地方冒出来。他接过我手里的鱼叉，对准冒泡的地方用力扎下去，迅速提上来，扑隆隆水花溅起，那条黑鱼激烈地挣扎着被摔在冰面上。大贵拔下鱼叉，黑鱼身上现出两处伤口，并往外冒着殷红的鲜血。我兴奋地奔上去抓鱼，被王大贵拦住，他嘲笑我说："大红你个小笨蛋，这工夫黑鱼正生气用力蹦跶呢，等一会儿它筋疲力尽、身体结冰的时候，你就能毫不费力地捡到背筐里!”

我算是开眼界了，王大贵在捕鱼的时候霎时脱去了蔫了吧唧的神态。当红彤彤的太阳升到老窑顶上的时候，我们叉到了大大小小十七条黑鱼，眼看着背筐就装满了。尽管我上蹿下跳折腾得很累了，但那份兴奋劲儿仍然不减。我瞥了一眼大贵，他的眉毛和棉帽子前面都因为口里吐出的呵气挂上了一层薄霜，当他举起鱼叉刺向水中时又狠又准，仿佛煞神降世，威风凛凛。王大贵这手捕黑鱼的绝活，让我佩服得五体投地!

作者简介：周鸿，辽宁台安人。中国当代文学研究会校园文学委员会会员，辽宁省作家协会会员，鞍山市作家协会副主席，台安县作家协会主席。在各级报刊发表作品200余篇，计50万字。代表作《老赵的树林》获首届全国教师文学表彰奖散文一等奖，《叼鱼狼》获第二届中国青年作家文学奖小说一等奖。

宋室遗梦之云山千叠（中篇节选）

沧笙踏歌

1

宋真宗景德元年，姑苏的春日依旧如往日般鲜丽明媚，莺啼绿柳。小河泛着粼粼波光，倒映着两岸的绿柳，仿佛情人温柔的眼波。一位白衣男子缓缓漫步于岸堤，心情是从未有过的舒畅。这次的秋闱，他志在必得。父亲多年的心愿，终于要实现了。

“飞卿。”忽然听得身后有人唤他，他缓缓回过神来，对上一双清丽的眸子，不觉有些诧异，又有些惊喜：“蘋儿？你怎么来了？”

那被他唤作蘋儿的女子缓步来到他身边，只见她身着一件粉色对襟连身裙，衣襟上用彩线绣着点点蝴蝶，头发简单绾了个髻，看上去煞是明艳可爱。

她向他盈盈一笑道：“妾闻君近日来了姑苏，便想着邀您于楚韵阁小叙一番，不知君可否赏光？”那白衣男子笑道：“难为蘋儿还一直挂念着我，如此甚好。”

楚韵阁临江而建，站在亭台屋榭中可眺望远处的江景。晚风徐徐吹来，朗月疏星，倒使人有种恍然置身于云端之感。

蘋儿一边替他布菜，一边浅笑道：“君此次来姑苏，不知有何打算？”

白衣男子并未直接回答她的话，而是道：“这姑苏城的春日，果真明媚可爱，美不胜收。就是比起杭州城的春光来也毫不逊色。”苹儿见他状似无意地引开了话题，便也不再多问，便端起酒壶给他斟上一杯酒，道：“这是妾家乡自酿的桂花酒，您尝尝吧。”

白衣男子接过她递过来的酒杯，浅饮一口，静了半晌，不觉点头赞道：“味道醇冽，确为上品。”

蘋儿轻轻一笑：“公子喜欢就好。”说罢便从侍女手中取过琵琶，道：“妾为公子弹一曲吧。”素手缓缓拨弄琴弦，一曲琴音如珠落玉盘从她指尖流泻出来，恍若天籁。

白衣男子凝视着专注弹琵琶的女子，好似已听得痴了。

琴音渐渐转入高潮，白衣男子兴之所至，不由站起身，轻轻吟道：“自春来，惨绿愁红，芳心是事可可。日上花梢，莺穿柳带，犹压香衾卧。暖酥消、腻云弹。终日厌厌倦流裹。无那。恨薄情一去，音书无个。早知恁么。悔当初，不把雕鞍锁。向鸡窗、只与笺象管，拘束教吟课。镇相随。彩线慵拈伴伊坐。和我，免使年少，光阴虚过。”

一曲终了，蘋儿盈盈起身，却不经意间对上了他向她投来的目光，她却有些不好意思地移开了视线。未想他竟情不自禁地伸手握住了她的手，轻吟道：“彩线慵拈伴伊坐。蘋儿，你不是一直向往这样的生活吗？若你愿意，我可以和你一起实现。”

蘋儿低垂着头，越发不敢直视他，她摇摇头说：“公子注定要及第求取功名，而我……只会成为公子的负累。您的好意，蘋儿消受不起。”

“不，蘋儿。你听我说，我此次去应试，待我回来，我会带你过你想要的生活。相信我。”

蘋儿见他说的无比真诚，也不忍再拒绝，叹了口气，便轻轻点点头：“三年后的今日，姑苏河畔，我……我会等你。”

真宗景德元年，秋闱放榜，温飞卿毫无悬念地榜上有名，想到蘋儿，想到和她的三年之约，心中不禁漾起丝丝暖意，便愈加坚定了信心。

2

景德元年秋，八月十五，正是中秋月圆之日。这日官家在宫中举行中秋夜宴，朝中凡五品以上的官员皆接到于宫中赴宴的旨意齐聚升平楼，真宗皇帝龙颜大悦，颁下了不少赏赐。

殿内烛火通明，真宗皇帝高居上位，满面笑容地欣赏着一室歌舞，心情甚好。他旁边坐着一身锦绣宫装的郭皇后，她夹起一块桂花糕递给真宗皇帝，道：“这是臣妾今日命膳房新做的桂花糕，您尝尝吧。”

真宗点点头，笑道：“皇后有心了。”顿了会儿，又从盘子里夹起一块递给右侧的刘德妃，道：“你也尝尝吧。”她小心地接过，道：“谢陛下。”

殿里丝竹声声，月舞云袖。真宗皇帝兴致正浓，然而此刻却没有人意识到一场危机正在悄然酝酿……

“报!”忽闻内侍一声大喝，殿内所有管弦之声皆然而止，众人皆怔怔望向来人。

真宗面露不悦之色，冷声喝问:“何事如此慌张?”

“陛下，陛下……”那内侍十分惶恐地张望着周围众臣，一时紧张地竟连话也说不完整，额头不住冒汗。

真宗挥手喝退了一班歌伎舞伎，瞬间提高了音量，“说!到底何事如此慌张?”

那内侍被皇帝的这一声大吼吓得战战兢兢，腿一软便趴了下去，支吾了好半天才道:“陛下，不……不好了……契丹萧太后亲率大军南下，已深入我朝边境，情况……对我朝极为不利啊!”

什么?!此言一出，满殿哗然!

这消息犹如千斤巨石在真宗耳边轰然裂开，他也顾不得殿前君主的威仪，忽然颤颤离了座，“你……你说什么?此消息可属实?”

那内侍吓得快要哭了出来，“千真万确。奴才有一万个胆子也不敢欺瞒陛下。”

真宗扶着龙座的手不断颤抖着，此刻更感到气血翻涌，胸口一窒，顿时痛苦地皱起了眉头。

一旁的郭皇后忙替他顺了顺胸口，安慰道:“陛下莫急，此事还需从长计议。您还是……保重龙体要紧。”

“从长计议?”真宗冷笑一声:“契丹十万大军兵临城下，都快打到我朝城墙下了，朕……还有多少时间思议良策?”众臣面面相觑，一时间谁也拿不出个退敌良策献给皇帝。

真宗一手抚额，疲惫地挥了挥手，示意身侧的两个侍女送皇后及众妃嫔回宫休息。

大殿里顿时鸦雀无声。过了半晌，真宗突然大声喝问:“都哑巴了?如今契丹铁骑已深入我朝边境，满朝文武竟无一人可有良策献予朕?”

众臣齐齐跪地叩拜，高呼:“陛下息怒!”

此时有位大臣站出来跪地禀道:“回禀陛下，此次辽军来势汹汹，似是做了充足的准备，若我军久攻不下，臣提议……陛下不如亲征前线，一来可振奋我军士气;二来也可使敌军有所畏惧，尽可能拖上一段时日，再想办法调援军支援 。”

真宗抬眼望去，见说话人正是自己平日里最信赖的宰相寇准，可他……此番竟劝自己御驾亲征?此方下策。历次战役不到万不得已，皇帝极少有御驾亲征的。

真宗眉头紧锁，沉沉叹了口气。

忽听一人冷笑道：“我看寇大人是脑子糊涂了吧，契丹不过一群蛮子，你竟要陛下亲征？”遂又接着道：“陛下，亲征之事万万不可。臣建议陛下立即迁都金陵，以防不测。”此人正是大臣王钦若，他素来与寇准不和，故极力阻挠皇帝亲征。

3.

定州城下，萧太后骑在马上，遥遥望着远方如潮般涌来的军队，唇边绽出一抹若有似无的笑意。与她并骑而立的是刚刚继位不久的十二岁的少年皇帝耶律隆绪，他不禁奇怪地问：“母后，你笑什么？”萧太后莞尔，她虽已年过三十，却丝毫不见衰老之色，仍有当年二八少女那般风韵，且精神尚好。她瞧着儿子，笑道：“母后是在想，当年赵匡胤立宋朝之初，曾下令解除大将石守信等人的兵权，抑制武将权势，不想如今竟还能派出几支大军与我军交战。我以为那些小人见了我军便只有开城投降的份儿呢。竟是我错估了宋帝。”

耶律隆绪听罢突然道：“母后不必为我担心，宋室武将无权，军中更是将不识兵，兵不识将，战斗力远不如唐，不过一群乌合之众罢了。不管他来多少兵，也决计抵挡不了我契丹十万铁骑！”

萧太后笑道：“我也是如此想。”随即一挥令旗便一声令下，“攻城！”

数万契丹大军如潮水般攻向定州城门，瞬间与宋军厮杀交战在一起。霎时间，兵戈相击声、炮火隆隆声、将士喊杀声渐烈，双方交织在一起，陷入一番恶战。鲜血映染了甲胄，火光冲天，让人分不清白昼与黑夜。

两军陷于胶着，入眼处尽是一片耀目的红。一番激战下来，宋军伤亡惨重。前日契丹大军萧挞凛攻破遂城，生俘宋军将领王先知，力劝萧太后再攻定州，又再俘云州观察史王继忠，然宋军将领却拼死抵抗。

战报传回汴京，京师震动，真宗召集群臣廷议，未想到满朝文武竟是主和的居多。真宗的心渐渐沉了下去，难道我朝竟没有一个能征善战的将领了吗？而朝堂上以王钦若、陈尧叟为首的迁都派和以宰相寇准为代表的亲征派更是争论不休，三人所上奏折却全被真宗皇帝压了下来。他既不想亲征，因为在他内心深处还始终存在一线侥幸，希望前线将领可以成功击退契丹军，自己既不用亲征，也赢回了宋室的体面；可他也不想迁都，且不说迁都太耗费人力物力，一旦迁都中原局势将难以挽回，无疑是给了契丹军一个大好机会，届时契丹军进攻中原腹地则如入无人之境。

亲征或是迁都，两相权衡，真宗还是认为即使自己御驾亲征，总也强过迁都南逃这样的下下策。可不是万不得已，真宗实不愿亲征前线。可惜前方竟一直未有大胜的消息传回汴京，真宗皇帝顿时陷入了左右为难之境……

作者简介：刘梦婷，笔名沧笙踏歌，青年作家网签约作家。上高中以后爱上了写小说，目前创作小说涉及现代校园都市、古代架空言情及武侠玄幻言情等多个题材，曾是红袖添香网站签约写手。已完成作品：长篇小说《枫尘荆语》《雾霭之都》《孤星月影》，中篇小说《血雨幽魂》以及一系列短篇小说和散文，作品收入中短篇小说散文集《木槿花开》。目前正在创作长篇小说《长空雁叫霜晨月》。